PROLOG

Zur kurzen Erklärung meines Wunsches an den Rat in Engelsburg :
Wir befinden uns kurz vor der Niederlage gegen die Armeen der
Vampire.
Unsere Infanteristen wurden zurück geschlagen, Zwerge und Elfen
sind entweder tot, kampfunfähig oder haben uns den Rücken gekehrt
und wir selbst mussten von der Grenze zurückweichen, unsere Posten
aufgeben.
Die Magier des Westens verweigern weiterhin ihre Hilfe und auf eine
kämpferische Beteiligung eurerseits kann ich beim besten Willen auch
nicht bauen.
Also bitte ich euch untertänigst und mit Leib und Seele darum uns
eine Erlaubnis zu erteilen, in Bezug auf eine seltene Rasse von
Kriegern, so genannte Nomoren, jene im Krieg einzusetzen.
Nomoren sind Menschen...nein...Wesen, die auf keiner Seite stehen.
Sie sehen sich selbst als Monster, doch werden von ihnen nicht als
solche akzeptiert.
Die Vampire sagen, sie seien zu menschenähnlich,
die Werwölfe, sie seien zu zivilisiert.
Es gibt unterschiedliche Meinungen zu dem seltsamen Volk,
wie es unterschiedliche Nomoren gibt.
Wir Menschen teilen sie in vier verschiedene Rassen ein. Es gibt die
'Bändiger' Nomoren, die Macht über gewisse Stoffe besitzen und sie
kontrollieren

*können. Sie kommen häufig in Frue´rzèn vor, in Gebieten rund um das
große Meer und sind eher friedliche Zeitgenossen.
Die zweite Rasse ist die der 'Läufer'. Sie können die direkte Masse um
sich herum
verändern und dadurch Fähigkeiten erlangen, wie das Schweben oder
das Gehen durch Objekte. Sie haben früher Bauern aus Däry´eat
heimgesucht, wurden jedoch
erfolgreich in die Wälder vertrieben, wo sie sich bis zum heutigen
Tage
vor uns Menschen verstecken.*

*Die 'Seher' sind Rasse drei. Die letzte Sichtung eines Seher-Nomoren
ist vor dem
Krieg geschehen, doch Experten sind sich einig, dass es sie noch gibt.
Sie verschleiern sich, denn sie haben keine Augen, sind blind, doch sie
können
sich durch telepathische Fähigkeiten in unsere Gedanken einbrennen.
Sie reden, ohne die Lippen zu bewegen und hören, ohne dass jemand
etwas gesagt hätte.
Sie nehmen generell keinen Kontakt zu Menschen auf, nur manche
Magier behaupten, von ihnen gehört zu haben.
Es gibt noch eine vierte Art, die gefährlichste, die der 'Homoren'.
Sie ähneln den Menschen in allem, sind nur grundsätzlich schneller,
stärker und geschickter. Sie verstecken sich schon seit 300 Jahren
unter uns, sind aber, als der Krieg gegen Dracula begann, fast
komplett ausgerottet worden.*

*Mein Wunsch ist es also, in der kürzesten, mir möglichen Fassung, die
Nomoren zu kontaktieren und sie um Unterstützung im Krieg zu bitten.
Da sie jedoch unter eurem Schutz stehen und ich diese Entscheidung
nicht zu hinterfragen pflege, stelle ich euch mit diesem Schreiben hier
die Entscheidung frei, ob uns die Nomoren helfen sollen, den Frieden
in den Königreichen zu bewahren.*

Wir brauchen ihre Hilfe wirklich dringend, ich kann nicht sagen, wie lange wir noch durchhalten, deswegen bitte ich um schnellstmögliche Rückmeldung.

Wir brauchen die Hilfe der Nomoren

Herzog Desmond von Asrol,
an Wilhelm Gornigus, Anführer der Druiden
Engelsburg, Jahr 657

Kapitel 1

Eine Klinge blitzte auf. Man hörte einen leisen Pfiff, als die Luft von Lopurenstahl, geschmiedet aus den Zähnen toter Werwölfe, zerschnitten wurde.

Ein Schmettern, ein dumpfer Aufprall und ein Zischen.

„Ha! Ich hab's dir doch gesagt, Jim! Ich krieg sie alle mit einem Schlag."

Vor Edward, dem letzten Homoren aus Omion, lagen sechs Strohpuppen, alle in der Mitte mit einem geraden Hieb zerschnitten.

„Gut Edward, aber achte auf deine Beinstellung, lass dich nicht von hinten überraschen. Stell dir vor, ich mache das."

„Ahhrg! Ist gut …au …ich achte auf die Beinstellung, schau!"

Edward stand, sich die Kniekehle reibend, auf, brachte seine Füße in Position und ließ den Blick über das Wasser gleiten. Es glitzerte schön im Morgenlicht, die Sonne war gerade hinter dem Druidenschloss aufgegangen, ein Bild wie auf einer Leinwand. Er wandte den Blick ab, betrachtete sein Spiegelbild im Wasser. Das Wasser des Domins war kristallklar, er konnte jede Faser von sich sehen. Die raue und helle Haut, die im Wind wehenden braunen Haare und den Bart.

Das Knarren der morschen Bretter an Deck des Schiffes riss ihn aus seinen Tagträumen. Er war schon zu lange an Bord der Galeere nach Frue`rzén, fast drei Tage, doch seine Anwesenheit war unverzichtbar und er wusste, dass es nötig war und akzeptierte es. Außerdem würde er dort endlich Natalia wiedersehen und das war ihm die Reise wert.

„Ich könnte mich mal wieder rasieren, findest du nicht?"
James, ein Läufer-Nomore zweiten Grades, und sein bester Freund und Partner, schmunzelte.
„Bleib bei der Sache Edward, sonst gehen wir bald beide drauf. In Bergen ist es gefährlich, es wimmelt nur so von Anderlingen... nichts desto trotz könnte ich auch mal wieder ein Bad und eine ordentliche Mahlzeit vertragen."
„Haha... freilich, ein ordentliches Stück Fleisch käme jetzt ganz gut!"
Die, in Menschenjahren siebenundzwanzigjährigen, prusteten los.
Sie übertönten sogar das Heulen des Nordwindes und das Schnattern der Seevögel, die auf der Suche nach Beute, den Forellen in diesen Gewässern, waren.
„So Jungs es hat sich ausgelacht.", der Kapitän des Schiffes, ein rotbärtiger Zwerg, mit Namen Gwent Elfenschläger räusperte sich. Er trug ein rotes Wams mit großem Ausschnitt und um seine Taille hingen mit Manschetten besetzte Ledergurte, die ein, zweifellos im Kampf erworbenes, Elfenschwert trug.
Er wirkte, den Kriegern mit ihren gepanzerten und einfachen braunen Lederharnischen gegenüber, eher wie ein Kaufmann statt wie ein kampferprobter Schiffskapitän. Edward und Jim kannten ihn jedoch zu gut um ihn für einen
edlen Gesellen aus Paladien oder gar Engelsburg zu halten.
„Wir werden gleich die Domingrenze passieren, also verhaltet euch gefälligst unauffällig! König Lambert hat ein durchgängiges Einreiseverbot gegen Nomoren ausgerufen, um nicht der Kooperation mit den Vampiren angeklagt zu werden."
„Warum? Sind wir bald alle Verräter, nur weil Jims Haare weiß sind und ein Schwein heben kann ohne zu ächzen?" Edward, sichtlich empört, drehte sich wütend zur Reling um und schwieg nachdenklich.
„Jawohl, der Homore hat recht", wesentlich leiser, wissend, dass sie keine Aufmerksamkeit erregen durften, wandte sich der Zwerg James zu, der gerade einen flachen Dreispitz aufsetzte, um seine außergewöhnlichen weißen und spitzen Haare zu verdecken. Er sah älter aus als siebenundzwanzig, war jedoch fitter als ein neunzehn jähriger.
„Wenigstens Ihr, James von Kohlenburg, wisst wie es um die Politik steht und wie man sich in eurer Situation zu verhalten vermag."
„Wahrlich, es brechen schwere Zeiten an, alter Freund."
Lange schwiegen die Drei, bis Edward das Schweigen brach.
„Seht die Zöllner kommen!"

Ehe jemand reagieren konnte, waren fünf Zöllner, in Uniformen mit blau-grünen Adlern auf der Brust gekleidet, von ihrer Fregatte an Deck gesprungen.

„Wer kommandiert hier?", wollte ein groß gebauter stämmiger Soldat mit schwarzem Schnurrbart wissen, zweifellos der Anführer.

„Ich!", antwortete Gwent genauso dumpf und bedrohlich.

„Schaut euch ruhig um, wir haben nichts zu verbergen. Aber in einem anderen Tonfall, sonst..." „Lasst gut sein, ich will nur die Fracht prüfen." Edward merkte am Tonfall des Zöllners, dass er eingeschüchtert war. Er schaute sich an Deck um.

Alles war beim Alten, die Zöllner machten keine Anstalten jemanden zu kritisieren.

Der Zöllner mit dem Bart trat, zu Edwards Überraschung, zu ihm.

„Verzeiht meine Unfreundlichkeit vorhin, mein Herr. Mein Name ist Siegfried Riefenstahl, freut mich eure Bekanntschaft zu machen."

„Edward aus Omion. Was führt euch zu mir, wenn ich fragen darf?"

Edward musterte ihn, braune Jagdjacke, schwarze Kniebundhose. Und ein Stilett unterm Ärmel. Kein Zöllner.

Edward blieb ruhig, lies sich Nichts anmerken, folgte dem Blick des Mannes. Er galt nicht ihm, der Mann sah nervös zum Steuer hin, dann nach oben, dann wieder zu Edward.

„Dürfen sie. Es hausiert das Gerücht, dass ein Nomore an Bord sei, sie sehen mir aus wie ein Mann mit Scharfsinn. Haben sie verdächtige Aktivitäten bemerkt?"

„Ein Nomore?", Edward zeigte sich erstaunt, brachte jedoch insgeheim seine Füße in Kampfposition. „Sind diese... Dinger nicht schon lange ausgestorben?"

„Sie sind, wie es scheint, schlecht informiert...es wurden zwei Stück zuletzt in Gebieten rund um den Fasersee gesehen. Einer der Beiden hat weißes Haar."

Edward änderte seine Mimik. Er versuchte, den Mann in Verlegenheit zu bringen, baute sich auf, achtete jedoch darauf, dass es nicht zu sehr auffiel.

„Weißes Haar? Nicht dass ich wüsste, nein. Entschuldigen sie mich, ich würde mich gerne meinem Gepäck zuwenden. Ich steige in Bergen aus."

„Na gut, auf Wiedersehen, Edward aus Omion. Und halten sie die Augen nach Verdächtigem und weißem Haar offen!"

Edward ging langsam aber geradewegs in Richtung James.

„Ahhh, Edward mein Freund! Herr Rundinger hier hat gerade..."

„Er weiß es."

Jims Miene verdüsterte sich. „Entschuldigt mich kurz, Herr Rundinger."

Die Nomoren entfernten sich zum Bug hin. Die Wellen peitschten gegen den Rand der Galeere. Der Wind war stärker geworden, es kam Nebel auf.

„Wer?", Jim sah sich nervös um.

„Der Zöllner, Siegfried Riefenstahl. Und zwei weitere, einer im Mastkorb, der andere am Steuer."

„Du hast seinen Namen herausgefunden?" James wandte sich zu Edward um.

„Er hielt mich für einen Söldner."

„Hm.", machte James nur.

Eine Weile beobachteten die Beiden nur das Wasser. Es waren kaum noch Fische zu sehen. Untypisch für diese Gewässer. Sie hatten die Grenze zwischen Asorlien und Frue´rzèn schon überschritten, zweifellos hätte der echte Zoll schon lange weiterfahren müssen. Die Wellen wurden höher, drückten die Schiffe näher aneinander und man hörte ein leises Geräusch, gefolgt von einem Plätschern, als die Fregatte auf die Galeere traf.

Der heran getretene Gwent brach das Schweigen. „Sie suchen nach euch."

„Wissen wir."

Es fing an zu regnen, die Masten knarrten unter dem Druck.

Der Nebel zog sich zu, das Schiff war in Nebel getaucht. Man erkannte das Umland nicht mehr. Nicht mehr weit bis Bergen. Edward schaute sich um, sah nach oben.

Dann sprang einer der Attentäter aus dem Mastkorb auf die Nomoren.

Die Hölle brach los.

Es passierten zwei Dinge gleichzeitig. Edward lies blitzschnell seinen Schwertgriff hervor schnellen und in Sekundenbruchteilen wickelte sich der bewegliche Stahl zusammen und zischte schon durch die Luft. Im selben Moment sprang die Ursache für die wenigen Fische im Wasser heraus und das Wasser explodierte tosend, erhob sich und senkte sich über die Galeere.

Mit einem Krachen und einem widerwärtigen Schmatzen klatschte das Wasser auf das Oberdeck. Die Nomoren wurden von Wasser überflutet, schafften es nicht sich zu halten und wurden mit der Wucht einer Flutwelle von Bord geschleudert.

An Bord brach die reinste Panik aus. Menschen sprangen von Bord, andere wurden in die Höhe gerissen und zerschellten an den Zähnen der Seeschlange. Sie baute sich auf, ein unverständlicher Ruf war zu hören. Das Schiff kippte, wurde regelrecht umgestoßen und nun fiel auch der leblose Körper des Mastkorb-Attentäters von Bord und wurde von tosenden Wassermassen, Holzteilen und Segeln begraben. Binnen Sekunden färbte sich das Wasser rot, vom Blut der Leichen der Attentäter, getötet durch die Nomorenklinge, und dem unschuldiger Passagiere,

vom Seemonster getötet.

Edward fand sich an Land wieder, neben ihm lag James, glücklicherweise unverletzt, nur bewusstlos.

Edward setzte sich auf. Er war auf einer Sandebene, definitiv am Ufer von Bergen, was er an den bemoosten und allgemein eher feucht aussehenden Bäumen erkannte, die abseits eines Weges zum Ufer wuchsen. Er war alleine, das Meer hatte die Leichen nach dem Kampf wohl ans andere Ufer getrieben; denn hier war keine Menschenseele. Er packte sein Schwert und lies den Luporenstahl langsam in seine Hülse zurückfließen, die er am rechten Unterarm, seinem Schwertarm, trug. Edward schob den Griff wieder in die Scheide und rückte sie, sowie den Nachschub an Luporenstahlhülsen auf seinem Rücken, zurecht. Nachdem er seine Ausrüstung geprüft hatte, hieb er mit einer Hand James auf den Rücken und machte sich auf den Weg, dem Pfad in die Stadt zu folgen. Er ging nur langsam, schonte seine Knochen und Gelenke, lauschte dem wunderbaren Klang der Vögel. Es waren, seinem Gehör nach zu urteilen, Lärchen, die ein wunderschönes Lied zwitscherten.

Ihm kam ein altes Lied aus seiner Heimat in den Sinn, damals vor dem Krieg.

Während er mit den Vögeln um die Wette pfiff, dachte Edward über die Zeit vor dem Krieg nach. Die Zeit bevor die Nomoren verstoßen wurden.

Bergen war größer als sie Beiden es erwartet hatten. Die Straßen waren gut gefüllt, die Läden offen und überall sangen Poeten ihre Balladen. Vom Krieg war hier kaum die Rede. Der ideale Ort für zwei Nomoren, um sich zu verstecken und sich als normale Menschen zu tarnen.

Auf dem Weg vom Ufer nach Bergen war James aufgewacht und ging nun neben Edward auf der Hauptstraße an zwei zweifellos betrunkenen, grölenden Frauen

mit offenherzigen Blusen vorbei. Keiner der Beiden machte Anstalten sie auch

nur anzuschauen.

Obwohl die Nomoren am Rande des Pfades Übungen gemacht und trainiert hatten, war keiner sichtlich erschöpft. James hatte seinen Hut wieder aufgesetzt, Edward seine Waffe unter einem großen braunen Umhang versteckt. Vorsichtig, auf der Hut vor den Blicken der Menschen, bogen sie unauffällig in eine Seitengasse ein, vorbei an einem braunen Fachwerkhaus und hinunter von der Hauptstraße, deren Pflaster vor Trubel nur so bebte. Sie kamen durch eine Gasse, die nach Mist stank und nur so vor Trostlosigkeit strotzte, auf die *Pfadberger Straße* und ließen sich von der prächtigen Bastille vor ihnen nicht beeindrucken. Sie war aus gelbem Marmor, hatte schöne weiße Türme und war so groß, dass zwei Fregatten mühelos hinein gepasst hätten.

Trotz des Wunderwerks der Architektur, kamen die Beiden in ein ärmeres Viertel.

Die Häuser waren aus Stein, mit Stroh bedeckt, manche sogar nur aus Lindenholz.

Ein Händler diskutierte gerade den Preis für ein Huhn mit einem Bauern und das lautstark vor allen Leuten.

Er verlangte dreizehn Heller, was durchaus nicht wenig war und wollte nicht mit

sich feilschen lassen.

Edward wollte eingreifen, doch James hielt ihn zurück. Er zog Edward weiter und sie bogen wieder um eine Ecke. Sie traten geradewegs auf einen Marktplatz und liefen einer Kutsche mitten vor die Pferde. Der Fahrer sprang vom Wagen und wollte sich beschweren, doch Edward und James waren schon im Getümmel untergetaucht.

„Frische Oliven! Tomaten! Nur Heute! Paprika! Ganz günstig!"

Edward ignorierte die Rufe der Händler völlig. Nun wusste er auch wo sie waren.

Er sah sich um, sah nichts als Gemüse und Obst, Fleisch, Käse und weitere Waren.

Links vor ihnen bemerkte er jedoch das Schild nachdem er gesucht hatte:

Freiheitsstraße.

Er stieß James mit dem Ellenbogen an und deutete in die Richtung.

Die Nomoren liefen los, machten schnelle Bögen um die Besucher des Wochenmarktes und wichen geschickt den Ständen mit den Tagesangeboten aus.

Als sie in die Straße einbogen, sahen sie sofort den Bestimmungsort. In mitten der Stroh bedeckten Bauernhäuser stand ein schwarzer kleiner Unterstand.

„Password?", wollte der Mann darunter wissen, ein kahl rasierter, kräftig gebauter Krieger in schwarzem Umhang.

„Nomore Sapiens", antwortete Edward grinsend.

„Viel Spaß beim Treffen, Ed. Ach, übrigens... Natalia ist schon da", lachend fasste der Mann die Beiden bei der Hand. „Danke Francesco" Dann versanken sie im Boden.

Sie tauchten in einer anderen Ebene der Erde wieder auf. Es gab nichts in der kleinen Nische, außer den rauen unebenen Granit Wänden und einer Tür mit der Aufschrift:

ALLJÄHRLICHES TREFFEN DER VERBLIEBENEN NOMOREN.

Sie betraten einen großen Saal, rote Wände, hellbrauner Parkettboden. Es gab ein Podest, das wie jedes Jahr am Ende des Saales stand und ein Podium beherbergte.

An der Anzahl der Anwesenden erkannte Edward, dass die Tagung binnen kürzester Zeit beginnen würde. Er trennte sich von James und Francesco, lief vorbei an den Sehern und machte sich auf in Richtung Mitte des Raumes.

„Edward! Du lebst?! Ich dachte du seist bei Himenta umgekommen."

Luna, die Anführerin der Bändiger strahlte vor Erstaunen.

„Ich kann euch doch nicht einfach mitten im Krieg verlassen!"

Die Beiden umarmten sich freundschaftlich, aber herzlich.

„Kann ich etwas für dich tun, Ed?"

„Sag, Luna, wo finde ich Natalia?"

„Ed --- "

„Ich weiß. Sag mir einfach wo sie ist."

„Na gut, Sie steht bei den Läufern und unterhält sich mit Karl."
Edward machte sich auf den Weg. Er schob einige Seher beiseite und
schloss zu den Läufern auf. Karl und Francesco standen zusammen
mit Natalia und lachten.
Wahrscheinlich über einen von Karls schlechten Witzen. Edward kam
auf sie zu und zog Natalia mitten aus dem Gespräch.
„Hallo.", Edward grinste. „Hab ich dir gefehlt?"
„Edward, Ich --- "
„Guten Tag! Schön dass ihr kommen konntet!"
Edward fluchte innerlich. Das Beginnen der Tagung hatte ihm gerade
noch gefehlt.
„An diesem wunderschönen Tagungstag möchte ich mit euch über
zwei, mir sehr am Herzen liegende, Themen reden."
Edward wusste schon, dass bei dieser Stimme, der Christian von
Paladiens, dem stärksten aller Bändiger und Anführer der Nomoren,
nie etwas Gutes passierte.
„Das eine ist...", Christian schlug einen ernsteren Tonfall ein.
„...Unsere Lage im Krieg. Wie wohl jeder der Anwesenden wissen
sollte herrscht in den Gebieten um Ererdien und Strecorm der Krieg
zwischen Menschen und Vampiren. Ich würde gerne eine Abstimmung
abhalten, um zu entscheiden, ob wir mit den Vampiren, oder mit den
Menschen kooperieren!"
Edward wusste, dass er für die Menschen stimmen würde. Er mochte
zwar ihre Eigenarten nicht, verstand sich jedoch sehr gut mit den
Zwergen und Elfen, die auch auf der Seite der Menschen standen.
Er wählte mit seiner Stimme im Rat die Menschen und wartete
gespannt auf das Ergebnis.

Der Zauber, der auf die Decke des Saales gelegt war und sie wie Glas
scheinen lies, wirkte gut. Edward erkannte, dass es später Nachmittag
war, die Sonne stand schon sehr weit oben und blitzte, in Richtung
Westen, hinter der Kathedrale auf. Es freute ihn, dass Liana Bolikin,
eine, mit den Nomoren sehr verbundene, Zauberin und Freundin, ihn
so gut umgesetzt hatte, wie es um diese Zeit schien. Auf die
Auszählung der Stimmen wartend, wandte er seinen Blick Natalia zu.
Sie war wie immer wunderschön, von der Sonne angestrahlt. Ihre
schwarzen, schulterlangen Haare glänzten in der Sonne, während sie
nachdenklich irgendetwas betrachtete. Was, war Edward egal. Sie trug
ein schwarzes Kleid, das bis zu den Knöcheln reichte, an den
Schultern verziert mit Edelsteinen, vielleicht Smaragden.

Edward kannte sich da nicht aus.

Sie war schlank, klein, aber nicht zu schlank und nicht zu klein.

Edward fluchte.

Er hätte sie nicht verlieren dürfen, aber er redete sich immer wieder ein, dass das Überleben seines besten Freundes wichtiger war. Ja, das redete er sich immer und immer wieder ein, wenn er sie ansah, oder an sie dachte.

„Vierunddreißig für die Vampire!"

Es waren wirklich wenige verbleibende Nomoren. Edward wusste schon was kommen würde. Er kannte die Anzahl der verbliebenen Nomoren, wie seine Westentasche.

„Dreiundzwanzig für die Menschen!"

Der Saal erbebte. Jubel, Beschwerden und allerlei Beschimpfungen.

57 verbliebene Nomoren sind dieses Jahr da.

Edward würde für die Vampire kämpfen.

59 verbliebene Nomoren waren vor einem Jahr da.

„Das andere Thema, das ich gern ansprechen wollte..."

Der Saal war wieder ruhig geworden. Christian räusperte sich. Die Sonne war hinter der Bastille verschwunden, die Abenddämmerung kam.

Der Raum wurde jetzt von hellen Fackeln erleuchtet, sie zeigten die Nomoren in unterschiedlichem Licht, die Wände und die Schatten verdüsterten sich. Niemand sagte mehr ein Wort, alle lauschten gespannt den Worten Christians:

„Es geht um die Homoren."

Edward lief ein kalter Schauer den Rücken hinunter. Was? Warum ich?

Er fluchte wieder, kämpfte mit dem Drang sein Schwert zu ziehen, beruhigte sich jedoch wieder. Natalia sah besorgt zu ihm hin. Er zuckte mit den Schultern, signalisierte ihr, dass er nicht wusste warum es um ihn ging. Natalia, wenig beruhigt, wandte sich wieder Christians Stimme zu.

„Ich habe vor einigen Stunden eine Nachricht erhalten", er sah nervös aus, Edward meinte, einen Schweißtropfen auf seiner Stirn gesehen zu haben,

„von einer anonymen Quelle, die besagt, dass wir von Meuchelmördern gejagt werden."

Edward dachte augenblicklich an den Mann an Deck, während der Überfahrt nach Bergen, zurück. An seinen berechnenden Gesichtsausdruck, während er seinen beiden Attentätern, im Mastkorb und am Steuer, heimlich Zeichen gegeben hatte. Sie hätten ihn und Jim töten sollen. Sie waren nur mit Glück entkommen, die Seeschlange hatte sie gerettet. Siegfried Riefenstahl. Nach diesem Namen musste er suchen.

Christian fuhr fort:

„Isaac und Thomas Domien sind gestern tot aufgefunden wurden. Erstochen, vom Täter keine Spur, er benutzte ein Messer aus Ererdien. Meine Freunde, man macht Jagd auf uns."

„Aber was hat das mit den Homoren zu tun?", James, spuckte die Worte verärgert aus. Edward hasste es, wenn sein bester Freund ihn verteidigte.

„Lieber James von Kohlenburg. Es hat insofern mit den Homoren zu tun, als dass die Attentäter Informationen über den Aufenthaltsort der Beiden hatten, die sonst nur Homoren zugänglich sind!"

Alle Augen waren auf Edward gerichtet, der einfach nur da stand. Er blickte Christian genau in seine grimmigen Augen. Edward, vor Zorn wie versteinert, zuckte nicht einmal, sah ihn einfach nur an. Natalia, genau so starr, aber vor Schreck, hielt es nicht mehr aus.

„Bezichtigt ihr Edward des Verrats?!"

Sie wollte sich auf Christian stürzen, wurde jedoch von zwei anderen Bändigern zurückgehalten. „Ihr seid der Verräter!", sie spie die Worte aus, brüllte und warf Christian Blicke wie Pfeile zu.

„Natalia aus Wantana. Jeder der Anwesenden weiß genau, dass Edward aus Omion der letzte lebende Homor ist. Er hat für die Menschen gestimmt und die Attentäter, die unsere Brüder ermordeten, waren Menschen!", die letzten Worte schrie Christian, Natalia nicht beachtend, Edward entgegen. Er konnte sich kaum noch halten.

„Sperrt dieses verräterische Schwein ein!"

In diesem Moment setzten Edwards Homoren-Reflexe ein. Er realisierte, was um ihn herum geschah, besah sich die beiden Wachen, die auf ihn zukamen, die Macheten gezogen.

„Edward!", Natalia wurde kreischend aus dem Raum gezogen, weggeführt, aus Edwards Blickfeld gebracht. Er konzentrierte sich, handelte nach seinem Verstand, nicht nach seinen Gefühlen. Der Rechte, stark, groß, langsam, kam auf ihn zu.
Edward machte einen leichten Satz nach hinten, vollführte eine Pirouette und ließ seinen Ellenbogen vorschnellen. Er traf das Handgelenk, die Waffe viel dem Mann aus der Hand, Edward sprang hoch und rammte dem Mann seine Hacke ins Gesicht.
Krachend stürzte der Mann zu Boden, riss eine weitere kleinere Wache mit sich.
Edward riss seinen Kopf herum, der zweite Mann, ein kleinerer, eher geschickter statt kräftiger Mann, hieb mit der Machete nach Edwards Kopf. Fehler, dachte sich Edward.

Mit der Leichtigkeit eines Akrobaten, schob Edward seinen Kopf nach hinten, stützte sich mit der linken Hand am Boden ab und duckte sich unter der Klinge weg. Der Schwung des Hiebes brachte den Mann aus dem Gleichgewicht, was Edward sich mit einer fließenden Bewegung zu Nutze machte.
Er drückte den Ellenbogen des Mannes nach außen, stieß sich am linken Knie des Mannes ab und Hieb ihm seine Faust ins Kreuz. Der Mann sackte sofort zusammen, Edward stieß ihn weg, brachte sich für den Nächsten in Position.
Doch da kam keiner.
Aus dem Augenwinkel sah Edward eine weitere Wache umfallen, hinter ihr tauchte keuchend James auf, in einer Hand, ein Tischbein, in der Anderen den Kragen eines weiteren Soldaten.
Edward rollte sich nach hinten, machte auf dem Absatz kehrt und rannte auf die Tür zu. Keuchend, hämmerte er gegen die Tür. Binnen Sekunden, stand Edward in der Nische und war allein. Mit letzter Kraft brüllte er die Worte mit denen er sich rettete.
„Nomore Sapiens!"

Edward atmete ein, sammelte sich. Ich muss hier weg! Er mobilisierte noch mal alle Kräfte, zog sich die Kapuze seines Umhangs tief ins Gesicht.

Er war allein.

Er bog aus der Gasse aus, stand wieder auf dem Marktplatz. Es war dunkel geworden, eine Eule schrie, in kaum einem Haus brannte noch Licht.

Edward mischte sich unter eine Gruppe von Nachtschwärmern und verschwand spurlos vom Markt. Der Mond stand schon sehr weit oben, als der Homor an eine Tür klopfte. Im Haus brannte noch Licht, an der Tür stand *Zum Freien Mann*, was annehmen lies, dass es sich um ein Gasthaus handelte. Es war ein relativ großes, kunstvoll mit Runen verziertes, Fachwerkhaus.

<u>Fey mem´anb irèm zttr.</u> Freie Männer haben immer Zutritt

Was für eine Ironie, dass ich hier Zuflucht suche, dachte Edward, während er die Runen entzifferte. Schon als Kind konnte er die Elfensprache lesen, er wohnte damals in Stilie und ging dort zur Schule, wo er auch James von Kohlenburg, seinen späteren besten Freund, kennenlernte. Zu der Zeit redete noch niemand vom Krieg, König Dracula und König Gordon waren damals beste Freunde gewesen, doch in Kohlenburg, auf dem Lehrstuhl, spielte das für die beiden jungen Nomoren keine Rolle, die heimlich den Lehrer mit Tinte bespritzten, während sie eigentlich zu rechnen hatten.

Die Tür öffnete sich mit einem Quietschen. Dahinter kam ein blonder Elf, in grünem Nachthemd zum Vorschein. Er hatte die Haare zu einem Zopf geflochten, trug ein goldenes Diadem und sah wie ein anständiger Mann mit Manieren aus.

„Kommt herein mein Herr, Sie können die erste Nacht umsonst hier verbringen.

Na los, kommen sie ins Warme, sie erkälten sich noch."

Edward bedankte sich, nahm den Mantel ab und trat ein.

Kapitel 2

Edward stieg die letzte Stufe hinunter und kam ins Wohnzimmer. Er hatte gebadet, sich rasiert und war gesättigt. Amerób Blaublatt, der ihm Zuflucht bietende Elf, saß in einem braunen Ledersessel am Frühstückstisch. Das Haus des allein lebenden Elfen war zwar kitschig, aber Edward fühlte sich dort schnell zu Hause. Im, mit Grüntönen gestrichenen und hauptsächlich mit Schnitzereien und Holz dekorierten Haus, fiel langsam die Morgensonne durchs offene Fenster. Ein schöner Morgen, dachte sich Edward. Er trug ein rotes Wams aus Samt und eine lange braune Hose. Seine Haare fielen ihm in die Augen, er hatte im Bad mit dem Gedanken gespielt, sie so zu binden wie Amerób, hatte die Idee dann aber wieder verworfen.

Seit drei Tagen wohnte er nun hier und die beiden waren währenddessen gute Freunde geworden.

Edward setzte sich zu seinem Freund, auf einen schön verzierten, vermutlich selbst geschnitzten, Holzstuhl und fing an sich sein Brot zu belegen.

„Guten Morgen, Edward. Wie hat es sich geschlafen?"

Ein typischer Elfenausdruck, dachte Edward, während er sich eine Scheibe Käse, vermutlich Dêry`eater, auf sein Brot legte.

„Sehr gut, ich fühle mich bei dir sehr wohl, danke Amerób."

Der Elf lächelte, um seine Freude über die gewählte Ausdrucksweise Edwards zu vermitteln.

„Mein zu Hause, sei dein zu Hause, mein Freund"

„Umso mehr ist es schade, dass ich heute abreisen muss. Es tut mir leid, aber ich muss aus Sicherheitsgründen aus der Stadt verschwinden."

„Das Bedauern ist ganz meinerseits, Edward. Du warst mir stets ein guter Zeitgenosse, also will auch ich dir einer sein. Ich habe vor dem Haus ein Pferd für dich bereitgestellt und striegeln lassen."
„Danke."
„Ach Edward?", Amerób sah ihn neugierig an. Er war kein Mann von Neid, er
blickte eher wie ein Wissenschaftler, ein Forscher, der gerade eine neue
Entdeckung gemacht hatte.
„Kann ich dich etwas Persönliches fragen?"
Bis jetzt hatten die Beiden schon viel geredet. Über den Krieg, über Musik, Kunst. Aber ein Thema war nie dabei gewesen.
„Frag nur, Amerób."
„Warum musst du fort? Was sind die 'Sicherheitsgründe'?"
„Mein Freund", begann Edward. „Ich wäre dir zu großem Dank verpflichtet, wenn du das Folgende niemandem, absolut niemandem, erzählen würdest."

Der Elf neigte seinen Kopf nach vorne, gespannt, aber zivilisiert, trank er einen Schluck aus seiner Tasse und widmete seine Aufmerksamkeit ganz Edward.
„Geschworen, auf meine Lieblingsuhr."
Wie auf Geheiß, sprang der Kuckuck aus seinem Häuschen, einem wahren Meisterwerk Ameróbs Schnitzkunst. Sechs Uhr, es war noch früh. Der Homore wollte vor Beginn der allgemeinen Tätigkeiten aus der Stadt verschwunden sein.
„Du hast sicher von dem Einreiseverbot gegen Nomoren gehört?"
Amerób nickte erstaunt, bevor Edward fortfuhr: „Ich bin einer dieser 'unerwünschten Männer'. Ich habe mich hier mit Freun... mit Leuten getroffen und möchte, bevor ich erwischt werde, wieder aus Bergen verschwunden sein."
Amerób nickte, zu Edwards Überraschung, verständnisvoll.
„Sei unbesorgt, mein Freund, Ich habe es an deinen eigenartigen Habseligkeiten schon geahnt. Bei mir ist dein Geheimnis gut aufgehoben."
Edward biss in sein Brot und Amerób fing ebenso an, sein Frühstück, ein Stück Weißbrot mit Marmelade, zu essen.
Lange schwiegen die beiden, lauschten ganz dem Klang und den Melodien der Vögel.

Sie zwitscherten ein Lied, flogen zwischen den Häusern hin und her, freilich, man spürte den Frühling in den Knochen. Eine zweite Amsel landete neben der ersten auf dem Fenstersims. Sie hatte einen Wurm im Schnabel, warf ihn der zweiten vor die Krallen und schmiegte sich an sie.

„Wahrlich, es ist schade, dass du gehen musst. Ich hoffe, wir werden uns eines Tages wiedersehen."

Die Amseln, satt vom geteilten Wurm, setzten sich nebeneinander und flogen gemeinsam fort, ließen das Sonnenlicht wieder den Tisch, an dem die Beiden saßen, bestrahlen.

„Ich auch Amerób, ich auch."

Gegen Sieben, der Kuckuck hatte ihnen Bescheid gegeben, machten sich die Beiden auf den Weg hinters Haus. Edward und Amerób spazierten durch den Garten des Elfen. Er war schön, einfach gehalten, nicht zu bunt. Rechts von ihnen hatte er zwei große Nadelbäume, Fichten, erklärte Amerób. Sie hielten sich gut, auch im Sommer, neben Kirsch- und Apfelbaum. Sie gingen vorbei an dem, links von ihnen wachsenden, Gemüse. Der Elf hatte, also auch im Herbst, allerlei zu tun. Edward besah sich das Gemüse genauer. Kartoffeln, Mohrrüben und allerlei Kräuter, die er nicht kannte, vielleicht doch, aber nicht vom Sehen her.

„Wenn du mich einmal im Herbst besuchen kommst, Edward, dann zaubere ich uns einen wunderbaren Eintopf, dass kannst du mir glauben. Vermutlich noch so ein Elfenausdruck, dachte Edward, denn es hatte nicht den Anschein, dass der Elf magische Kräfte besaß. Sie bogen ab, an einer rot blühenden Tulpen Parade vorbei, betrachteten einen kleinen Tümpel, wahrscheinlich eher für Frösche statt für Fische, und betraten den Stall neben Ameróbs Haus.

Der Stall war klein, aber geräumig, aus Eichenholz gebaut, sah aber trotzdem stabil aus. Es war dunkel im Stall, keine Fackeln, aus Angst, das Stroh, das den
Boden bedeckte, könnte Feuer fangen. Man konnte jedoch, die in der Ecke
liegenden, Heuballen sehen, die definitiv als Futter für die zwei, mit Stahlketten
angebundene Pferde galten.

Das linke, eine weiße Stute mit schön gepflegter Mähne und rotem Sattel, konnte nur Amerób gehören. Sie sah aus, wie das Pferd eines Königs, Amerób grinste stolz, als er Edwards beeindruckten Gesichtsausdruck sah.

Das rechte, ein dunkelbrauner Hengst mit schwarzer Mähne, Edward würde wetten, dass es ein Kriegspferd sei, schien für ihn zu sein.

„Der ist für dich, als Abschiedsgeschenk.", Amerób lächelte traurig, sah zu Edward hin.

„Ich taufe ihn Blaublatt.", Edward blickte zu Amerób lächelte ebenfalls.

Die Beiden umarmten sich noch, dann stieg Edward in den Sattel, winkte zum Abschied, dem Elfen zu und ritt auf der Hauptstraße entlang, in Richtung Axonberg, zurück nach Asorlien.

Er wollte weg aus Bergen, weg von den Fachwerkhäusern, an denen er, auf der noch menschenleeren Straße vorbeiritt. Weg von denen, die er als Freunde bezeichnet hatte. Luna, Francesco, Karl.

Natalia.

Alle machten nun Jagd auf ihn. Und die Meuchelmörder. Er hatte die Meuchelmörder vergessen. Hektisch blickte er sich um, auf die Ziegel der Dächer, hinter Ecken und Kanten der Häuser, suchte, nach den Männern, nach Siegfried Riefenstahl.

Er drehte sich um, dort, hinter sich sah er einen Reiter. Einen in grün gekleideten, blonden Reiter auf einem weißen Pferd. Ein Elf.

„Amerób?", Edward, sichtlich verwundert, wendete sein Pferd.

Der Elf zügelte sein Pferd, ritt an den Nomoren heran.

„Edward, ich komme mit dir!" Amerób war motiviert.

„Gut, Amerób Blaublatt du alter Abenteurer", Edward war erfreut seinen Freund zu sehen, hätte ihn in die Arme geschlossen, säße er nicht im Sattel.

„Du kommst mit mir, aber verhalt dich unauffällig, mein Freund. Wir werden verfolgt, halt! Dreh dich nicht um, sie sind auf den Dächern. Keine Angst, ich beschütze uns."

Amerób schien es nichts auszumachen, er ließ heimlich ein Stilett unter seinem langen Elfenhemd aufblitzen. Er lächelte Edward grimmig an.

„Ich weiß mich zu verteidigen, Edward. Ich habe früher unter Shér`va Anderbreit gedient, also erlaube dir kein falsches Urteil, nur weil dein Schwert sich bewegt wie Gummi, und schneidet, wie ein Säbel."
Edward grinste genauso zurück. Er sagte nichts, machte eine Handbewegung, signalisierte dem Elf ihm zu folgen und die Beiden ritten nebeneinander weiter.
Die Sonne ging langsam auf, brachte die sich entfernenden Lädchen und Restaurants gut zur Geltung und warf lange Schatten von den Reitern.

„Es wird Nacht, Edward."
Amerób sah nicht sehr mutig aus, er versteckte sich mehr hinter dem Nomoren.
„Ich sehe es Amerób, lass uns schauen ob wir eine Lichtung zum Nächtigen finden. Wir können ja nicht einfach am Wegrand schlafen."
Edward besah sich den Himmel genauer. Die Sonne war nicht mehr zu sehen, aber noch nicht ganz untergegangen. Gegen Nachmittag, waren sie in den Mordier geritten, der Wald, der Frue´rzèn und Asorlien voneinander trennte. Sie ritten auf einem schmalen Wanderweg, an dessen Rande hauptsächlich Tannen standen.
„Soll es hier nicht die Lydianen geben? Du weißt schon, diese Waldfrauen,
die mit den Bäumen reden."
Edward wusste, dass es sie nur im Lydian gab, dem Dschungel, an der Grenze zwischen Strecorm und Ererdien. Er blieb aber still, lies den Elfen in dem Glauben, denn ein Elf, der alles wusste, könnte durchaus zum Verhängnis werden.
Edward sah genauer in den Himmel, es war eine klare Nacht, nur wenige Wolken waren am Himmel zu sehen. Er versuchte Sternbilder zu bilden, doch etwas kam
ihm in den Weg.

Der Mond. Der runde Mond. Der Vollmond.
Edward zuckte zusammen, lies die Zügel los, stieg vom Pferd.
„Komm Amerób, wir gehen zu Fuß weiter, das ist sicherer. Und nimm dein Stilett in die ---"
Ein Heulen, wie von einem Geist, ließ die beiden zusammen zucken.
Ein Schauer lief dem Elf den Rücken hinunter, Edward zog sein Schwert.

Edwards Gehör war scharf. Das heulen war keine 200 Fuß entfernt.
„Ist es...", Amerób zitterte, hatte seine Waffe jedoch in der Hand.
„Ja ist es.", Es raschelte im Gebüsch, Edward fuhr mit einem
Schwung des
Schwertes herum. Seine Pupillen verengten sich, er sah genauer hin.
Ein Hase.
Edward nahm die Zügel von Blaublatt in die Hand und bewegte sich
langsam weiter. Amerób tat es ihm gleich, sie schlichen weiter durch
den Wald. Es war nun vollkommen dunkel, Edward konnte nur noch
schwer den Weg hinter sich erkennen.
Der Wind pfiff durch die Nadelbäume, lies sie wanken und aussehen
wie große, gezackte Geister.
Es konnte kein Geist sein. Geister waren an nicht organische
Gegenstände gebunden, meistens an Schmuck, oder Kleidung. Für sie
war der Wald kein guter Ort, um zu leben, hier wimmelte es nur so vor
Lebewesen, die Geister grundsätzlich verabscheuten. Edward kannte
sich mit Geistern aus, vor dem Krieg war er oft am Hofe Herzog
Desmonds von Asrol gewesen und hatte Geister vertreiben sollen.
Er hatte grundsätzlich nichts gegen sie, doch der Herzog bezahlte
einen guten Preis, weshalb Edward sie zwar aus dem Diesseits
verbannt, sie aber nicht vernichtet hatte. Es war eine komplizierte
Methode, er brauchte dazu die Hilfe eines Bändigers, meistens
Natalia, doch es zahlte sich aus, denn die Geister zeigten sich dankbar
und hinterließen ihm oft etwas, wie Schmuck oder Kleidung.

Edward spürte in den Füßen, dass der Werwolf sich näherte. Der
Boden vibrierte leicht, ein Mensch hätte es nicht gemerkt, doch
Edwards scharfe Sinne schlugen sofort Alarm. Er drehte sich nach
rechts um, hielt sein Schwert mit der Linken vor sich, mit der Spitze
nach unten. Der Werwolf sprang von links auf Edward zu. Edward
lehnte seine Schultern nach hinten, gab mit dem Kopf nach und sprang
unter dem Werwolf hinweg nach rechts. Er zog sein Schwert nach, lies
es über die Brust des Wesens zischen und versetzte ihm einen Stoß
gegen die Schläfe.
Der Werwolf heulte auf, hielt sich fauchend die klaffende Wunde.
Edward musste schnell sein, er wusste, dass die Wunde sich schnell
regenerieren würde.

Edward ließ seine Klinge durch die Luft wirbeln, nahm Schwung für den Schlag,
hielt das Schwert mehr mit der Rechten, um das Gewicht auszugleichen.
Er blieb abrupt stehen, hatte Amerób aus dem Augenwinkel gesehen, der von links ankam. Der Schwung brachte Edward aus dem Gleichgewicht, er taumelte
weg von Amerób.
Er spürte einen Ruck am Knie, hörte ein Reißen, sah Blut aus seinem Schienbein tropfen. Edward fiel, das Schwert lag am Boden, wurde aber sofort wieder vom Krachen eines fallenden Baumes durchgerüttelt. Die Haut des Homorens war am Knie zerfetzt, Edward sah jedoch keinen Knochen. Gut.
Der Werwolf hatte ihn gegen eine Eiche geschleudert, Edward fand sich, der Länge nach liegend, am Stamm des abgebrochenen Baumes wieder.
Er rappelte sich auf, spürte einen stechenden Schmerz in seinem linken Bein.
Er schaute, suchte nach seinem Freund. Amerób hatte den Werwolf noch
aggressiver gemacht, seine Wunde war längst verheilt, währenddessen er den Elfen
durch die Luft schleuderte.
Edward hob sein Schwert auf und lies die Klinge auf den Werwolf zuschießen.
Die Spitze bohrte sich in die Schulter, die Bestie brüllte auf, wollte nach der Waffe fassen, doch der Homor zog sie mit einer geschickten Handbewegung weg und strich dem Untier damit über die Brust.
Es ließ den schreienden Amerób fallen und stürmte auf Edward zu.
Amerób, wieder auf den Beinen, konnte nichts mehr für Edward tun.
Er konnte nur dem lauten kreischen, der in der Luft auf Blut wartenden Bestie zuhören.
Er riss den Kopf hoch und folgte mit den Augen, dem herabstürzenden Monstrum.

Edward hatte alles im Blick. Den Werwolf, der auf ihn zu kam, den herabstürzende Greif und den panisch brüllenden Elfen dahinter. Er tat das einzig Sinnvolle in dieser Situation, sprang nach hinten, stützte sich auf den Ellenbogen und rollte sich flach auf den Rücken.

Der Werwolf sprang auf Edward, ihre Gesichter waren sich so nahe, dass sie sich hätten küssen können.

Edward erkannte die früheren Gesichtszüge des Mannes, er war nicht hässlich gewesen, hatte eine breite Nase, schmale Lippen und Altersfalten auf der Stirn. Doch seine Augen waren die eines Hundes. Dann wurde er in die Luft gehoben, keuchend versuchte er sich zu befreien, aber erfolglos. Der Greif, eine haushohe Bestie, eine Mischung aus Löwe und Adler, trug ihn mit sich. Der gigantische Raubvogel hatte golden oranges Gefieder, seine Klauen waren grau und seine Kopffedern besaßen einen edlen Rotton. Sein Schnabel, krumm wie der Dolch eines Wichtels, glänzte im Mondlicht, als der Greif anfing mit
dem Flügeln zu schlagen. Edward richtete sich auf, lies sein Schwert mit der
rechten Hand gestreckt.

Er nahm Anlauf, sprang nach links ab, musste so sein Gewicht verlagern, da er sein linkes Bein nicht mehr spürte.

Er machte eine Halbpirouette, streckte sich vollends durch, holte Schwung und zerteilte mit einem geraden Hieb, die Klaue des Greifens.

Der Greif kreischte vor Schmerz, erhob sich in die Luft, schlug mit dem Flügel nach dem am Boden gelandeten Homoren. Edward war zu erschöpft zum Ausweichen, der Greif traf ihn heftig am Oberkörper.

Er segelte durch die Luft, schlitterte im Matsch und blieb reglos im Wald liegen.

Das Monstrum schrie ein letztes Mal, der Wald erzitterte. Dann flog der Greif weg, in Richtung Osten, nach Strecorm, wo er sein Nest hatte.

Amerób kniete sich neben Edward, er hörte seine leise Atmung. Erleichtert und glücklich, über sein und Edwards Leben, hievte er den Homoren auf sein Pferd, und ritt auf Blaublatt weiter, folgte der Straße nach Asorlien.

Einige Zeit später hatten sich auch die Vögel wieder beruhigt, der Elf hörte nur noch seine eigene Atmung, das Stapfen der Pferde, in der Erde und das zirpen, der im Gebüsch sitzenden Grillen. Er hatte die Greifen klaue, die zweifellos ungeheuer wertvoll war in Blaublatts Satteltaschen verstaut und ritt langsam auf eine Lichtung zu.

Er schaffte es schnell ein Feuer zu machen, was den Wald um ihn herum in ein schauriges, orangenes Licht tauchte.

Amerób hatte in einem nahe gelegenen Bach zwei Fische gefangen, er wusste, dass es Forellen waren.

Er briet sie, über dem Feuer, einen für sich, einen für Edward.

Als die Sonne im Begriff war aufzugehen, hörte der Elf leise neben sich den beruhigenden Satz.

„Danke, Amerób."

Seite an Seite schliefen sie ein. Der Homor und der Elf.

Die Sonnenstrahlen kitzelten Edward in der Nase. Er war schon eine ganze Weile wach, hatte nur Amerób nicht wecken wollen. Neben ihm bewegte sich Amerób leicht. Edward musste niesen.

„Guten Morgen, alter Kämpfer!", Amerób, fröhlich wie eh und je, setzte sich neben Edward hin. „Heute wollen wir weiterreisen. Wo gedenkst du soll unsere Reise hingehen, Edward? Nach Strecorm? Ererdien? Vielleicht zurück in meine Heimat? Nach Dêry´eat. Wo sollen wir hin?"

„Hm...", Edward gähnte nachdenklich.

„Ich weiß nicht genau."

Er dachte an die Nomoren, an James. Was haben sie wohl mit ihm gemacht? Er kämpfte mit dem Gedanken an Natalia, ging die letzten Tagungen im Kopf durch.

Christian hatte den Bändigern mehr Rechte im Rat gegeben, hatte über das Schicksal der Seher gesprochen, hat eine Feier zu Ehren des 300ten Bestehen des Rates organisiert. Und hatte zwei Verräter einsperren lassen. Ins Gefängnis unter Ublé.

„Wir müssen nach Ererdien, nach Ublé!"

„Toll! Freilich, dort gibt es den besten Schinken der Welt.", Amerób hielt sich mit seiner Begeisterung nicht zurück. „Und die schönsten Kirchen und...Oh...die besten Pilze im ganzen Reich. Komm schon Edward, lass uns los reiten!"

Bis Mittag waren die Beiden wieder in den Satteln und am Tor von Axonberg angekommen. Sie passierten die Grenze ohne Probleme, in Asorlien gab es kein Verbot gegen Nomoren.

„Edward, ich habe Hunger.", Amerób, der sonst selbstlose Elf wandte sich um.

Edward knurrte ebenfalls der Magen, sie hatten seit dem vorherigen Abend nichts gegessen.

„Dann brauchen wir Geld, mein Freund. Lass uns einen Händler suchen, und ihm die Klaue des Untieres von Gestern verkaufen."

„Eine gute Idee, mein scharfsinniger Freund."

Die Beiden ritten nach rechts weiter, auf einen Marktplatz und stellten die Pferde am Rande, bei einem, von einem kleinen Bauern betätigten Stall ab. Edward griff sich die wertvolle Klaue unter den Arm und folgte Amerób auf die Straße.

Sie gingen, vorbei an Bauern mit Gemüse, Obst und Käse, sowie Schinken und Kosmetikwaren, die ihre Stände entlang der Hauswände aufgebaut hatten, auf einen Mann mit grauem Bart zu. Er trug eine rote Seidenrobe, hielt einen Wanderstab in der Hand und, seinem Stand nach zu urteilen, kaufte er jeden Ramsch, den ein dummer Dorftrottel anschleppte und den er weiter verkaufen konnte. Dort standen Gläser voller Froschschenkel, getrockneter Pflaumen und Ölen. Elexiere aus magischen Pilzen und Kräutern, sowie Schüsseln voller Feuerwachs. Er besaß eine nette Sammlung an Metallstücken, die schön aufgereiht, auf einem Tisch, neben Pelzmänteln standen. Edward war keiner der Trottel, denen er diese Sammlung an wertvollen Gegenständen abgenommen hatte.

„Wie viel geben sie mir für die Greifen klaue?"

Edward, nicht auf eine lange Feilscherei scharf, donnerte den Schatz auf den Tisch.

Der Händler zuckte zusammen, hatte damit anscheinend nicht gerechnet. Er musterte Edward genau.

„Mein guter Herr Nomore,...", begann der Händler. „...Darf ich annehmen, dass Ihr auf der Durchreise seid...? Was für einer seid Ihr, mein Herr? Bändiger?"

Edward wurde langsam aggressiv. „Scheiß drauf, was ich bin. Wie viel?"

Der Händler blieb ruhig, stand auf und musterte ihn noch einmal.

„Homore also. Ich dachte ihr wärt ausgestorben... fünfhundert Heller."

Edward war erstaunt...der Mann zahlte einen guten Preis.

„Wer sind sie?"

Der Mann schien die Drohung in der Stimme einfach überhört zu haben. Er zog Edward einen Stuhl heran und setzte sich frohen Gemüts wieder.

„Nur ein Mann, der mit ihnen ein gutes Geschäft machen will."

„Na gut...", Edward setzte einen noch verständlicheren Klang der Drohung in seine Stimme. „...Wollen wir uns unterhalten."

Er zog den Stuhl, aus Akazie gefertigt, mit Elfensymbolen und blauem Wollsamt bestickt, heran und setzte sich dem Mann gegenüber an den Tisch.

„Lassen wir die Förmlichkeiten bei Seite. Sie sagen mir jetzt, warum sie so viel über mich wissen?"

Edward hatte keine Lust darauf sich die Worte im Munde verdrehen zu lassen und nahm Ameróbs Stilett. Mit einer Wucht, die ein paar Murmeln vom Tisch kullern

ließ, rammte er es in den Tisch, genau zwischen den Zeige- und den Mittelfinger

des Mannes. „Reden sie!"

Der Händler, ziemlich erschrocken, zuckte nervös zusammen. Edward sah ihm förmlich den Schweiß über die Stirn rinnen. Selbstsicher verschränkte er die Arme vor der Brust, funkelte den Händler böse an.

„Na gut, na gut. Mein Name ist Torlend Kermelstamm, ich bin Professor der Naturkunde, mein Spezialgebiet sind außergewöhnliche Rassen! Nehmen sie sechshundert, wenn es sein muss."

Edward hatte das Messer aus dem Tisch gezogen und lies es nun zufrieden hinter seinem Kopf kreisen.

Amerób und er nickten sich zustimmend zu und Edward beugte sich nach vorn.

„Na los, gib mir das Geld, du schmieriger Schummler, sonst kommt das Stilett doch noch zum Einsatz."

Edward hatte nicht vor, ihm etwas zu Leide zu tun. Er wollte ihn nur einschüchtern und dann weg hier!

Torlend Kermelstamm nahm einen großen Beutel hinter seinem Tresen hervor.

„Hier! Nehmen sie!"

Edward schob die Klaue über den Tisch, und die Beiden zogen mit dem Beutel ab.

„Und wenn da nicht sechshundert drin sind, finde ich Sie!", Amerób lachte heimlich in sich hinein, als die Beiden davon gingen.

„Dem haben wir's aber gezeigt! Edward, mein Freund, ich habe selten so gelacht!"

Amerób fiel vor Lachen fast aus dem Sattel, schlug sich die Hände auf die Oberschenkel. Sie ritten auf dem Weg ins Gastronomie Viertel, denn sie wollten ein gutes Gasthaus für die Nacht suchen. Außerdem hatten sie Hunger, und brauchten ein gutes Essen.

„Schau, Amerób!", Edward hatte ein Gasthaus mit Stall entdeckt. Der Elf folgte seinem Fingerzeig und zügelte sein Pferd. Das Haus war das größte und mit Abstand edelste Haus des Stadtteils, der Stall war geräumig, aus massivem Marmor.

An der braun gelben Hauswand waren keine Spuren der Verwitterung, was entweder bedeutete, dass es neu gebaut, oder dass es gut gepflegt war, wobei letztere wahrscheinlich zutraf. Das Dach war mit schönen, roten Ziegeln gedeckt und aus dem großen Schornstein zog dichter Rauch.

Edward und Amerób betraten die Schenke, die *zum tanzenden Wolf* hieß.

Den Beiden strömte Wärme ins Gesicht, der Saal war gut gefüllt. Es dudelte fröhliche Musik, ungefähr zwanzig Personen saßen an den Sechskanttischen und machten sich über Braten, Kartoffeln, aber hauptsächlich Bier her.

Edward bedeutete dem Elfen am Eingang zu warten und ging langsam auf den Tresen zu, hinter dem eine rothaarige, junge Frau stand, vielleicht Mitte zwanzig.

Während er an lallenden Männern vorbei, auf die Bar zuschritt, sah er sich im Raum um. Es gab wenig Dekoration, keinen Kitsch, wie bei Amerób zu Hause, es sah jedoch gemütlich aus. Die Tische hatten einen breiten Abstand zueinander, sicher um Gefahren vor umkippenden Männern und Frauen im Suff vorzubeugen. Es lagen keine Teppiche im Zimmer, vielleicht wegen der...

eine Frau prustete los, das Bier schoss ihr aus der Nase und ein Mann konnte sich vor Lachen nicht mehr halten, wodurch er eine Portion Kartoffelsalat und eine halbe Gänsekeule auf dem Boden verteilte. Deswegen.

Edwards Mundwinkel schnellten nach oben, er grinste und schmunzelte über den Zwischenfall. Edward schnappte sich einen Stuhl und setzte sich, er wollte das Schauspiel weiter beobachten. Nun kam auch noch eine, wahrscheinlich nicht einmal volljährige, Kellnerin dazu und beschimpfte den Mann. „Detlef! Nicht schon wieder!"

Die anderen am Tisch sitzenden amüsierten sich anscheinend genauso über die drei, wie Edward, der zu kichern begann.

Doch Edward rief sich erneut ins Gedächtnis, dass er ja nicht wegen einer Komödie, sondern wegen eines Zimmers dort saß. Er stand auf und stellte den Stuhl weg, huschte an einem Kellner, einem schwarzhaarigen, glatt rasierten Mann vorbei und trat an den Tresen und die dahinter stehende Frau heran. Sie trug ein rotes, viel zu enges Hemd und einen viel zu kurzen, schwarzen Rock.

„Was kann ich für sie tun, guter Mann?", begrüßte sie Edward fröhlich, ihr schien ihre Arbeit in dieser Kneipe zu gefallen.

„Ich hätte gerne zwei Zimmer, wenn noch was frei ist."

Die Kellnerin grinste.

„Ja klar, eins für sie und das andere für das 'legal erworbene' Säckel Gold. Hab ich Recht?

„Nein, haben sie nicht.", Edward war guter Laune, er hatte Lust bekommen sich mit jemandem zu unterhalten. „Das andere ist für meinen Freund, den Elfen, der am Eingang wartet." Amerób winkte der Frau zu. „Und hier ist mein Säckel Gold."

Edward, legte lächelnd den Beutel mit den sechshundert Hellern auf den Tisch und lächelte der Kellnerin zu.

„Wie viel soll's denn kosten?"

Die Frau fing an zu lachen. „Wie heißen Sie?"

„Edward aus Omion, du kannst 'Du' zu mir sagen, spar dir das 'Sie'."

„Du ja anscheinend auch, Edward aus Omion. Ich bin Anette, geboren und aufgewachsen hier in Axonberg.", sie hielt ihm die Hand hin, wollte ihm freundschaftlich die Hand schütteln. Edward verbeugte sich übertrieben, ging auf die Knie und küsste ihr die Hand, wie die Bauern in Andrenia der Königin Ellina.

Beide lachten laut auf. „Wie viel für die Zimmer?"

„Ich mag dich Edward, fünfundzwanzig Heller pro Nacht. Für Beide."

„Danke sehr, verehrte Anette von Axonberg.", Edward verbeugte sich wieder und grinste sie an.

Sie kramte in einer Schublade unter dem Tisch herum und holte zwei Schlüssel, die an einer Kupferblechschnalle befestigt waren, heraus. Sie überreichte sie Edward, in den einen war eine 17 und in den anderen eine 16 eingraviert. Er warf den 16er Amerób zu und machte eine Handbewegung, die aussagte, er solle zu ihm kommen. Edward musste erneut Natalia aus seinen Gedanken verdrängen, weshalb er innerlich fluchte.

Amerób setzte sich, auf einen Stuhl, den der Homore herangezogen hatte, an den Tisch. „Bringst du uns einen großen Truthahn und zwei Bier, Anette?", rief Edward in Richtung des Tresens. Die Bestätigung kam, zusammen mit einem:

„Geht aufs Haus!", aus der Küche.

Die Beiden aßen lange und genüsslich an ihrem Truthahn, bis nur noch die Knochen

übrig waren, lachten lange, tranken lange und hatten ihren Spaß. Es war schon kurz vor Mitternacht, als Edward und Amerób, sich gegenseitig stützend, die Treppe hinauf schlurften. Edward hatte seinen Schlüssel am Tisch vergessen, musste also noch einmal hinunter, während der Elf schon in sein Zimmer ging.

Im Raum war niemand mehr, Anette war nach Hause gegangen und die Tür war abgeschlossen. Er taumelte zu seinem Tisch und schnappte sich den Schlüssel, während er sich mit der anderen Hand an einer Bank abstützte.

Und dann explodierten die Fenster.

Ein Scheppern, wie das eines Steines, der auf einer Klippe zerschellt. Drei Männer, Kapuzen verdeckten die Gesichter, sprangen in den Raum und blieben, alle Muskeln gespannt, stehen. Sie waren in schwarz gekleidet, ihre Tuniken waren mit Gürteln und Metallschützern bedeckt. Sie trugen ein schwarzes Tuch vor Mund und Nase, hatten die Kapuzen über den Kopf gestülpt und hielten die ererdianischen Langschwerter kampfbereit vor dem Körper. Das zersplitterte Glas klirrte neben ihnen zu Boden, während die Attentäter, leicht wie eine Katze, auf dem Boden landeten.

Für Edward sah die Lage nicht gut aus. Er war unbewaffnet, etwas angetrunken und hatte es noch dazu nötig, sich unter einem umgekippten Bartresen zu verstecken. Er konzentrierte sich, lies den Promille Spiegel in seinem Körper etwas sinken. Der Homore baute Kraft auf und schlug mit aller Kraft gegen den umgekippten Tresen. Der Tisch schlitterte über den Fußboden, zermalmte das Glas unter sich und traf einen der Attentäter mitten in den Bauch. Der Mann wurde schreiend durch die Luft geschleudert, prallte gegen einen Stützbalken und blieb reglos am Boden liegen.

Die anderen Meuchelmörder hatten Edward natürlich bemerkt und einer stürzte sich auf ihn. Der Homore wich seitlich aus, hielt den Mann am Bein fest und warf ihn mit aller Kraft in Richtung Treppe. Er krachte gegen die unterste Stufe, ein widerwärtiges Knacken war zu hören. Edward, der im Begriff war das Schwert des Attentäters aufzuheben, bemerkte den Dritten, von der Seite kommenden nicht. Er stieß Edward die Klinge in die Seite, fügte ihm eine tiefe Wunde zu. Edward schrie auf und stürzte zu Boden, Blut tropfte auf den frisch gewischten Kneipenboden. Anette hatte ihn, bevor sie nach Hause ging erst gewischt, Edward und Ameròb hatten ihr dabei zugesehen und sich über sie lustig gemacht, wenn sie etwas übersehen hatte, während sie das sechste Bier tranken.

Edward taumelte, ihm brummte der Kopf, aus einer Mischung von Schmerz und der Tatsache, dass er zu viel getrunken hatte. Er spürte einen Ruck in der linken Kniekehle und sackte zusammen. Er sah, ihm wurde langsam schwarz vor Augen, in die böse funkelnden Augen eines der Attentäter. Aus dem Augenwinkel heraus sah er eine weitere Person, die ihr Schwert hob.

Sie stieß den Meuchelmörder zur Seite und kickte Edward ein Schwert zu. Edward nahm das Schwert in die rechte Hand und stütze sich auf dem Knauf ab, während die Person mit einem Stilett, geschickt, dem Angreifer kleine Wunden zufügte. Ein weiterer, rappelte sich hinter Edward wieder auf. Der Homor tat so als hätte er ihn nicht bemerkt, wartete, bis er heran war. Dann lies er blitzschnell das Schwert hervor schnellen, griff es mit der Hinterhand und zog es dem Mann über das rechte Schienbein. Der Angreifer schrie auf, humpelte zurück und brach, genau wie der erschöpfte Edward, auf dem Boden der Schenke zusammen. Das letzte was Edward sah, bevor er das Bewusstsein verlor, war die Person, zweifellos eine Frau, die dem letzten Angreifer den Garaus machte.

Edward erwachte in einem Gaststättenzimmer. Die Sonne blendete ihn, er erkannte, dass es später Nachmittag war. Neben ihm saß Ameród und grinste ihn an und Edward wusste auch warum.

„Du bist mir vielleicht was schuldig. Ich hab dir schon zum zweiten Mal das Leben gerettet, Edward. Und du dachtest, du wärst hier der Kämpfer von uns Beiden. Pah, stell dich hinten an mein Freund."

Edward stand auf und ohne ein Wort zu sagen suchte er seine Ausrüstung zusammen.

„Nun schweig doch nicht vor dich hin, Edward. Wir leben beide noch und kennen nun den Aufenthaltsort des Anführers deiner 'Verfolger'. Er soll wohl Siegfried Reifenmahl heißen, oder so ähnlich."

Edward, den Brustpanzer angelegt, die Waffe auf dem Rücken, streckte sich.

Er gähnte laut und sah Ameród grimmig an. Edward fasste sich an die Seite, die Wunde war gut versorgt, tat jedoch höllisch weh.

„Siegfried Riefenstahl."

„Du kennst ihn?", Ameród sah Edward, der den pochenden Schmerz in der Magengegend nicht beachtete, neugierig an.

„Lange Geschichte... also ist er der Anführer? Wo hält er sich auf?" Der Homore legte sich hektisch den Mantel um.

„Warte, erzähl mir alles auf dem Weg. Wir reiten weiter!"

Ameród stand geduldig auf, musterte Edward von Kopf bis Fuß.

„Du siehst nicht so aus als wärst du in der Verfassung zu reisen.", stellte er nach einiger Zeit fest. Edward winkte genervt ab.

„Das heilt schnell wieder.", log er.

„Na dann ist ja gut.", der Elf tat so, als glaube er ihm. „Ich habe die Pferde schon bereit machen lassen, unsere Sachen gepackt, zusammen mit den 550 Heller, die noch übrig sind. Ach.. und wir haben Glück, Einer der Angreifer trug einen Brief bei sich. Hier nimm."

Er überreichte dem Homoren ein Stück Papier, der sofort zu lesen begann.

Lieber Adrian,
Ich gebe hiermit den Auftrag, Edward aus Omion, den anderen
noch lebenden Homoren, sofort zu fangen. Dieser Auftrag ist von
höchster Wichtigkeit für das Bestehen unserer Organisation, also
erwarte ich genauste Konzentration und Korrektheit von dir
und deiner Bande an heimtückischen Meuchelmördern.
Selbstverständlich obliegt die gesamte Aktion strengster
Geheimhaltung,
was auch Verschwiegenheit gegenüber deinen Männern erfordert.
Erzähl ihnen nur vom Ziel und vom Preis, der Rest
ist eine Sache zwischen uns beiden und der Inquisition.
Ruf deine Männer zusammen, Adrian, denn ich bezahle gut,
300 Heller für jeden, vorausgesetzt, ihr erledigt alles genau nach
Plan und so wie ich es will.

Ich benötige umgehend einen Bericht und die Zielperson lebend,
in vier Tagen, in meiner Villa in Dorien. Ich wünsche gutes Gelingen.

Siegfried Riefenstahl,
Anführer der Inquisition gegen Nomoren

Edward steckte den Brief in seine Jackentasche. Er hatte nur noch
mehr Fragen als vorher, jedoch auch ein paar Antworten aus dem
Schriftstück bekommen.
„Wir haben Glück, Dorien liegt genau auf unserem Weg nach Ublé.
Und für einen kleinen Besuch bei unserem guten Herrn Riefenstahl
wird die Zeit wohl ausreichen.", Edward grinste Aberól hinterhältig
an.
Der Elf hatte den Brief zwar auch gelesen, wollte Edward aber nicht
mit seinen Fragen löchern. Dafür war auch später noch Zeit, dachte er.
Die Beiden machten sich auf den Weg, liefen die schmale Treppe
hinunter und kamen in die verwüstete Bar. Zwei Männer der
Stadtwache waren anwesend, einer kam schnellen Schrittes auf den
Homoren zu.

„Edward aus Omion?", der Wachmann sah ihn Ernst an.

„Was kann ich für sie tun?", Edward fragte aus reiner Höflichkeit, natürlich würde ihn der Beamte über den Kampf befragen.

„Lady Erica wünscht ihre umgehende Anwesenheit am Hofe von Schloss Axonberg. Sie braucht ihre dringende Hilfe und entlastet sie daher von allen Befragungspflichten im Falle des gestrigen Kampfes im *tanzenden Wolf* ".

Edward blieb wie angewurzelt stehen. Das konnte nichts Gutes bedeuten, doch er riss sich zusammen, versuchte ruhig und entspannt zu wirken, was ihm nicht sonderlich gelang. Vor allem in der Anwesenheit des Statthalters von Axonberg,
Benjamin Enders nicht.

„Darf mein Freund mitkommen?", Edward deutete mit einem Kopfnicken auf Amerób.

„Nein, ich fürchte nicht, es tut mir leid. Erica verlangte ausschließlich nach eurer Hilfe Edward aus Omion. Sie wollte nur ein Treffen zwischen alten Bekannten und nicht, dass der Freund des Sogenannten zugegen ist."

Und wie die Beiden sich bekannt waren. Edward hatte am Hofe Axonberg mit Abstand die meisten Geisteraustreibungen seines Lebens durchgeführt, er kannte die Herrscherin also nur zu gut. Sie war nicht allzu sympathisch und auch nicht sonderlich hübsch, weshalb er oft nur die Körperlosen verjagt und gleich wieder abgereist war.

„Für eure Unterkunft und euer Wohlergehen soll gesorgt sein, die Lady hat für euch das beste Zimmer herrichten lassen, neben den Gemächern ihrer Majestät natürlich."

Edward besah sich den Mann missmutig. Er trug seine übliche Statthalter Uniform, ein blaues Jackett aus Samt, mit gelben Nieten besetzt und braune Lederstiefel über der schwarzen Hose.

Edward wollte zwar nicht, doch einer Frau, die in der Stadt, in der Man sich aufhält, mit Majestät angesprochen wird, schlägt man nichts ab.

„Na worauf wartet ihr, gehen wir.", schlug er, mit dem schönsten, gefälschten Lächeln der Welt, vor.

„Nicht gehen, fahren...", sagte Benjamin Enders und zwinkerte dem Homoren zu.

Es war in Asorlien so üblich, dass wichtige Persönlichkeiten mit der Kutsche von Ort zu Ort fuhren, doch warum Edward auf einmal eine dieser Personen war, wusste er nicht.

Sie gingen aus der Tür des abgesperrten Gasthauses hinaus auf die Straße.

Eine mit Gold verzierte Kutsche stand vor dem Haus und der Kutscher darauf, ein in einen schwarzen Anzug gekleideter, älterer Mann mit Zylinder winkte ihnen freundlich zu. Vor das Gefährt waren vier Pferde gespannt, alle männliche Schimmel, jedes bestimmt mehrere hundert Heller wert.

Edward stieg, Benjamin nach, in die Kutsche, deren Inneres, mit zwei mit Kaschmir bezogenen Bänken und einem großen Fenster mit goldenen Vorhängen, ausgebaut war. Sie setzten sich einander gegenüber auf die Bänke und Benjamin klappte die Tür hinter sich zu. Edward schwieg, während die Kutsche ins Rollen kam, machte keinerlei Anstalten ein Gespräch anzufangen und sah aus dem Fenster. Durch die rasante Fahrt merkte er, dass das Gasthaus nicht weit entfernt vom Stadtrand gebaut wurde, denn sie kamen relativ schnell auf einen Feldweg. Er betrachtete die Felder, links von der Kutsche und bemerkte, dass dort hauptsächlich Getreide angebaut wurde. Es gab natürlich auch Kartoffeln, Kohl und Rüben, doch der Großteil des Ackers wurde tatsächlich für den Anbau von Weizen oder Roggen genutzt. Asorlien exportierte viel Brot, das war ihm schon vorher bewusst gewesen, doch dass es so viel war, hatte er nicht erwartet. Sie kamen auf eine Anhöhe, die Felder wurden schlagartig zu Freigehegen für Schafe und Schweine. Edward konnte sogar ein paar Hirsche mit prächtigen Geweihen entdecken. Der Herbst färbte die Blätter der Bäume, am Rand des Weges schon rot, manche gelb und manche braun.

Es war ein schönes Farbenspiel zu beobachten fand Edward, der über vieles nachdachte.

Zum Ersten die Tatsache, dass er nicht der einzige Homor war.

Edward aus Omion, den anderen noch lebenden Homoren hieß es in Siegfrieds Brief an Adrian, den Kopfgeldjäger, der Jagd auf Edward gemacht hatte.

Das bewies schon mal, dass Christian ihn zu Unrecht verbannt hatte, er musste den Brief, in Ublé unbedingt Christian zeigen und seine Unschuld beweisen.

Das zweite war, was Lady Erica von ihm wollte. Eine Geisteraustreibung, konnte nicht der Wunsch sein, Edward und Liana Bolikin hatten bei ihrem Letzten Besuch einen Zauber auf das Schloss gelegt, der die Anwesenheit von Geistern verhinderte.

Was war es also? Das Verscheuchen eines Werwolfes? Das Töten eines Greifen?

Er wollte auf jeden Fall einen guten Preis sehen, denn er verstand sich zwar auf das Ermorden und Verjagen von Monstern, mochte es aber umso weniger.

Das Dritte war natürlich Natalia. Sie hielt ihn wahrscheinlich für einen Verräter und würde vielleicht nie wieder mit ihm reden.

Ein Hügel riss ihn aus seinen Gedanken, er blickte wieder aus dem Fenster. Ungefähr zweihundert Fuß entfernt stand das prächtige Schloss Axonberg, es hatte vier kleine Rundtürme und einen großen Spitzturm. Das Haupthaus mit dem großen Turm, in der Mitte des Schlosses war mit roten Ziegeln bedeckt, der Rest des Schlosses war mit Zinnen besetzt und für den Kampf gut befestigt. Auf der Burgmauer standen Soldaten und Bogenschützen, das ganze Schloss war abgeriegelt, untypisch für die friedliche Stadt Axonberg.

Die Kutsche fuhr weiter geradeaus, über die Zugbrücke und hielt vor dem großen, aus Eisen gefertigten Fallgitter und dem dahinter liegenden, braunen Fichtenholztor.

Benjamin wandte sich zum Gehen, öffnete die Tür und bat Edward heraus.

Er stieg aus, es war schon dunkel geworden, die Dämmerung hatte sich über die Felder gelegt, weswegen die Sonne ihn nicht blendete.

Die Männer wurden sofort von einer in goldene Rüstungen gekleideten Eskorte aus drei Rittern umringt. Einer der Ritter, ein mit goldenen Federn geschmückter Helm verdeckte sein Gesicht, gab einer der Wachen auf der Mauer ein Handzeichen. Der Soldat brüllte etwas Undeutliches und mit einem lauten Rasseln wurde das Fallgitter hoch gezogen und das Tor dahinter geöffnet.

Die Fünf kamen in einen großen Schlossgarten, an den Seiten zum Weg wuchsen Rosen, Petunien und allerlei wohlriechende Blumen die Edward nicht erkannte, sicherlich Zuchtpflanzen.

Edward und Benjamin folgten dem vorderen Ritter, dem Anführer mit dem schwarzen Umhang, in Richtung des großen Hauses mit dem Spitzturm.

Innerhalb der Mauern war ein hektisches Treiben der Alltag. Gärtner schnitten die Blumen und Bäume, Wachen eilten hin und her und ein paar Hofdamen winkten Edward kichernd zu. Er beachtete sie nicht, ihn interessierten mehr die Soldaten, er versuchte aus der kriegerischen Befestigung und den Gesichtsausdrücken der Männer in Gold zu schließen, welche Rolle er hier spielen sollte und welches Problem so dringend seine Hilfe erforderte. Ihm fiel bei der genauen Beobachtung auf, dass die Krieger die Burg nicht von außen, sondern von innen absicherten. Sie wollten etwas oder jemanden auf jeden Fall in der Burg behalten. Seinen ersten Vermutungen nach zufolge, war er die entsprechende Person, doch bei längerem Hinsehen warf niemand verängstigte oder nervöse Blicke nach ihm. Es musste also etwas anderes sein, was würde er sicherlich bald erfahren, denn sie betraten soeben den großen Saal im Innenraum des Hauses. Knarrend und ächzend öffnete der Hauptmann die Tür und dahinter kam eine große Tafel zum Vorschein. Sie würden also beim Essen über das Geschäftliche reden. Na toll! Dachte Edward, denn beim Essen war man leicht abgelenkt und konnte schlecht die wahren Absichten des Gegenüber erraten.

„wenn sie mir bitte folgen würden.", bat einer der hinteren Ritter und er und Edward trennten sich von der Gruppe.

Der Ritter hatte den Helm inzwischen abgenommen und führte Edward nach links weg von den Anderen, in einen langen Gang. Es war dort dunkel, der Gang wurde nur von ein paar Fackeln an der Wand erhellt und es duftete nach Asche und Staub. Der Geruch wurde zunehmend frischer, als Edward dem Ritter auf eine Tür zu folgte.

Sie betraten ein großes Zimmer mit rot tapezierten Wänden und einem braunen Teppichboden. In der Mitte der Decke baumelte ein großer Kronleuchter über einem Bett. Die Decke war weiß, an manchen Stellen mit roten Blumen bestickt und so groß, dass zwei Personen darin Platz gehabt hätten.

Edward staunte, neben dem Bett war ein Schreibtisch mit allerlei Büchern und Karten. Er hatte nicht die leiseste Ahnung was das zu bedeuten hatte.

„Euer Quartier, Sir.", der Ritter verbeugte sich und verließ mit einem leisen Schließen der Tür den Raum.

Auf der rechten Zimmerseite war eine hölzerne Badewanne aufgebaut, in der schon warmes Wasser dampfte. Edward war klar, dass er sich waschen und frisch machen sollte, bevor er zum Essen gerufen wurde.

Amerób, der ihnen in einigem Abstand nachgeritten war, rümpfte die Nase. Es roch gut vor der Burg, das Festmahl wurde gerade zubereitet. Er erkannte am Geruch, dass es Fisch und Braten gab, Kartoffeln und anderes Gemüse. Er betrachtete die im Mondlicht glänzende Burg, sie sah mehr wie eine Festung aus. Der Elf überlegte, wie er in die Burg kommen sollte, nicht einzubrechen, nur eintreten ohne vorher gefragt zu haben. Er ging, sich am Kinn kratzend um den Ost Turm herum, hielt sich im Schatten versteckt, außer Sichtweite, der auf der Mauer wachenden Soldaten. Der Bogen glitt ihm federleicht von der Schulter, er legte einen Pfeil an, an dem ein langes Seil festgebunden war. Ihm war ein Fenster im dritten Stock aufgefallen, aus dem Dampf aufstieg. Er spannte den Bogen und schoss lautlos einen Pfeil in Richtung des Fensters ab. Der Pfeil wickelte sich mit dem Seil perfekt um einen der Gitterstäbe.

Amerób zog an dem Seil und prüfte, ob es sein Gewicht halten würde. Es hielt, der Pfeil gab kein bisschen nach. Still wie ein Falke, der sich auf einen Hamster stürzt, machte er sich an den Aufstieg, setzte einen Fuß vor den anderen an die rutschige Betonwand. Soweit klappt alles, dachte der Elf, während er sich weiter mit den Händen hochzog. Er blieb dabei weiterhin still, wollte auf keinen Fall von einer der Wachen entdeckt werden. „Was bildet sich diese 'Majestät' eigentlich ein, einfach meinen Reisegefährten zu entführen?" dachte sich Amerób, er war schon fast oben angekommen. Er hielt sich nun mit einer Hand an dem Gitterstab fest und mit der Anderen zog er eine Feile aus seiner Tasche. Er zog sich langsam hoch, spähte ins Zimmer. Der Raum war leer, die Person, die eben noch gebadet hatte, war gerade fertig geworden, hatte sich angezogen und schloss in diesem Moment die Tür.

Der Elf atmete leise auf und fing an die Gitterstäbe durchzufeilen um sich durch das Fenster in den Raum zu ziehen.

Edward betrat den Raum mit der Tafel in dem er schon einmal gewesen war. Auf den Stühlen saßen nun Menschen, Elfen, Zwerge und Druiden. Er entdeckte sogar ein paar Fürsten, unter ihnen Palion von Engelsburg und Ellina von Andrenia höchst selbst.

Die Tafel war reich gedeckt, auf dem Tisch waren wunderbar aussehende Geflügelbraten, leckere Forellen und Lachse und viel gekochtes Gemüse serviert worden und die Gäste bedienten sich nach Herzenslust, hauptsächlich an der Weinkaraffe.

„Hierher, Edward!", Lady Erica winkte ihn mit einem schönen Schausteller Lächeln zu sich. Er schlug den Weg nach rechts ein, beobachtete dabei misstrauisch die Geladenen und schaute sich ihre, nicht allzu guten, Essensmanieren genau an.

„Hellellallllaalala der Elf.. hiks..enkönig is aaaa!", lallte ein Zwerg, der schon jetzt stockbesoffen war. Er fiel vorwärts auf seinen Teller voller Hühnerknochen und die Frau neben ihm, eine Rothaarige, stieß ihn genervt von sich.

Edward wendete sich ab und zog seinen Stuhl, den direkt neben Erica, nach hinten und setzte sich.

„Edward, schön, dass du kommen konntest!", die Herrin von Axonberg schluckte eine Kartoffel hinunter und trank nervös einen Schluck Wein.

„Ich hatte ja nicht wirklich die Wahl, Erica. Es ist jedoch auch schön dich wieder zu sehen.", log er und betrachtete sie ruhig. Sie trug ein rotes Kleid mit einem großen gezackten Kragen, so, wie es ihr Markenzeichen war. Sie hatte ihre Augen mit Kohle betont, trug roten Lippenstift, sah jedoch älter aus als beim letzten Mal, das musste Edward feststellen. Er fuhr fort:

„Ich habe wohl gemerkt, dass Ihr das Schloss von innen abriegeln lasst, was macht euch so sehr Angst, dass ihr sogar mich herbei holen lasst, Majestät?"

„Mein Lieber.", fing Erica an, Edward war wohl zu direkt gewesen. „Lasst uns später über das Geschäftlich reden, wie ist es euch denn so ergangen? Hier trinkt ein wenig vom guten Wein, er ist aus Dêry´eat importiert."

„Gut. Ich wurde aus dem Rat der Nomoren geworfen, man wirft mir Hochverrat vor und ihr haltet mich hier mit Wein auf, obwohl ich dringend in Ublé erwartet werde. Oh und Natalia hasst mich."

Die Königin schwieg respektvoll und lange, dann sagte sie mitfühlend:

„Es tut mir außerordentlich Leid für dich, Edward. Doch das Problem ist weitaus größer als du denkst.", sie nippte an ihrem Weinglas und Edward tat ebenfalls so, als würde er einen Schluck nehmen.

„Verzeiht meinen Ausbruch, aber sprecht, Majestät. Erläutert mir den Grund meiner Anwesenheit, gebt mir einen Auftrag und nennt mir einen Preis."

Die Königin überlegte, sie starrte ihn aus verkniffenen Augen heraus an, dann sagte sie leise, so dass es niemand hören konnte:

„Du musst jemanden beschatten, Edward. Du musst für mich jemanden beschatten und mir alles erzählen was du weißt. Wir haben einen Vampir unter uns. Hier im Schloss und du sollst für mich herausfinden wer es ist."

Edward musste schlucken. Er wusste ja, dass Strecorm und Ererdien die Armeen der Vampire langsam nicht mehr aufhalten konnten, doch dass ein paar Vampire schon in Asorlien angekommen waren, hatte er nicht gedacht.

Sein Misstrauen gegenüber Erica verflüchtigte sich sofort.

„Habt ihr Verdächtige?", fragte Edward langsam und leise.

„Ja, drei Personen. Sie haben sich sehr verdächtig verhalten, seitdem sie im Schloss sind. Der erste ist die rothaarige Frau, Tris Largeman, die Zauberin dort hinten."

Erica deutete auf die Frau, die neben dem Zwerg saß, der im Essen lag und schlief. Edward sah sie genauer an als vorhin. Ihre roten, schulterlangen Haare lagen glatt, sie trug ein feuerrotes, kurzes Kleid und unterhielt sich gerade mit Palion.

Erica wartete bis Edwards Aufmerksamkeit wieder ihr galt. Dann sprach sie weiter:

„Der zweite ist Shay Ja`remîr, der Elf am Ende des Tisches. Er stammt aus Dêry´eat und ist sehr schweigsam."

Der Homor betrachtete auch diese Person. Sie hielt sich, in Gedanken vertieft, mit dem Essen und Trinken zurück, trug ein dunkelbraunes Hemd mit einem roten Wolltuch am Kragen.

„Der kann es nicht sein, er isst Lachs und Vampire reagieren hoch allergisch auf Fisch.", Edward drehte sich wieder zu Erica um, die aufmerksam zugesehen hatte.

„Und der Dritte?"

„Der Dritte ist Sir Benjamin Enders, der neue Statthalter von Axonberg, mit dem ihr hergebracht wurdet." Edward schaute in die fröhlich singende Runde, sah Tris Largeman die mürrisch einen Truthahnknochen durch die Gegend schmiss, Shay Ja`remîr, der sich würdevoll den Mund abtupfte und suchte Benjamin.

Benjamin saß nicht am Tisch.

„Wo ist er?", fragte er die Herrin von Axonberg.

„Er sitzt noch auf seinem Quartier, er wollte sich erst später zu uns gesellen. Nun iss doch etwas, Edward!"

Der Homor tat wie ihm geheißen und biss von einem großen Froschschenkel ab. Er schmeckte nicht, war zu versalzen und ein wenig angebrannt, doch Edward schluckte ihn schnell hinunter.

„Reden wir über die Bezahlung, Frau Erica. Ich erweise euch meine Dienste nicht umsonst."

„Schade.", grinste die Fürstin. „Na gut, dann bringt mir den Namen und ihr bekommt eintausend Heller."

Edward klatschte sich auf die Schenkel, trank einen großen Schluck Wein und gab Erica die Hand.

„Lady Erica von Axonberg, wir sind im Geschäft!"

Kapitel 3

Natalia trank den letzten Schluck aus ihrer Teetasse. Sie saß in ihrem Haus in Wantana am Frühstückstisch. Allein. Der Raum war mit Ebenholz Wänden und einer soliden Betondecke sehr schön anzusehen, da er schön mit Teppichen und Malereien verziert war. Sie selbst trug schwarze Reiterkleidung, ihre Haare lagen glatt an und passten, wie ein Helm zu ihrer Kleidung.
Der Tee schmeckte nach Minze und Apfel.
Sie war im Begriff aufzubrechen, denn sie wollte nach Norden reiten, weil sie Edward dort vermutete.
Sie setzte die weiße Porzellantasse auf einem mit Blumen bemalten Service ab.
Natalia stand auf, schnappte sich ihre Armbrust, zog sie an einem Lederriemen über den Rücken und verließ den Raum.
Sie trat nach draußen und saß bei ihrem rotbraunen Hengst auf.
Nachdem sie sich schwungvoll in den Sattel gezogen hatte, nahm sie die Zügel in die Hand und verließ langsam Wantana, in Richtung Strecorm.
Sie roch den frischen Duft der Blumen nach dem Regen und spürte die feuchte Luft auf der Haut.
Ihr war nicht kalt, sie hatte einen dicken Wollmantel an, den sie mal von einem Zwergen Händler in Himenta erworben hatte, mit dem sie gut befreundet war.

Sie ritt schnell, gönnte ihrem Pferd keine Pause und schon bald sah sie die Strecormer Grenze. Doch was sie sah hatte sie sich nicht ausgemalt. Ein Blutbad war dort veranstaltet worden, fast ein Dutzend Verwundete lagen am Boden und sie zählte nur fünf Helfer.
Sie zügelte ihr Pferd, von dem Anblick noch erschrocken, stieg sie langsam aus dem Sattel und versuchte sich zu fassen.
„Was ist hier geschehen?", sie wand sich an einen Zwerg der Kommandos brüllte.
„Was wohl, Frau in Schwarz? Vampire! Sie haben sich über die Grenze geschlichen und sind während des ganzen Aufruhrs rüber, über den Fasersee nach Axonberg. Ach... und nebenbei haben sie noch neun Elite-Soldaten schwer verwundet."
Natalia warf, nichtssagend, einen Blick auf einen der Verwundeten.

Er hatte Blutspuren auf der Kleidung und sein linker Ärmel war zerfetzt, darunter war nur verkrustetes Blut, er sah nicht schwer verletzt aus.
Die Nomorin drehte sich ihm zu.
„Diese Vampire... ich brauche grundlegende Informationen über sie. Aussehen, Merkmale, Anzahl und so weiter."
Der Soldat sah sie verwundert an. Er musterte sie lange und richtete sich, seine Wunde haltend, langsam auf.
„Wieso sollte ich euch Wanderin das sagen?", sagte er schließlich forsch.
Er schnappte sich einen großen Zweihänder, ein mit Smaragden besetztes Großschwert mit goldenem Griff und stützte sich darauf.
„Weil euch dann vielleicht helfen kann.", antwortete sie, die Beleidigung in der Stimme des Verwundeten schien sie nicht zu interessieren.
Sie zog einen der Goldbolzen aus ihrem Köcher, jedoch nicht für die Waffe, sondern um ihn mit ihrer Bändiger- Kraft zu verändern. Sie besaß, seit ihrem dreizehnten Lebensjahr die komplette Kontrolle über jegliches Goldmaterial. Sonst benutzte Natalia diese Kraft um die abgefeuerten Goldbolzen zu lenken, doch diesmal veränderte sie ihn so, dass er zu einer gekrümmten Platte wurde. Sie legte die Platte über die Wunde des staunenden Soldaten, der seinen Arm ausschüttelte.
„Wow.", staunte der Mann. „Seid ihr ein Normo?

„Nomor.", antwortete Natalia bescheiden. „Nun denn, guter Mann. Sagt mir alles was ihr über die Vampire wisst. Bitte."

Sie schüttelte ihren Kopf, lies ihre schwarzen Haare im Wind wehen. Das Feld an der Seite des Weges wehte im Wind, die Gerste glänzte und sah im Nachmittagslicht einem Meer ähnlich. Natalia, auf die Antwort wartend, entdeckte auf einem in der Nähe liegenden Berg ein spitzes, rotes Dach. Sie inspizierte es mit den Augen genauer und fand dabei heraus, dass es zu einem Wachturm gehörte.

„Also gut Schwarzhaarige.", der Mann kratzte sich verlegen den Hinterkopf. „Mal sehen... Es waren drei Stück, alle schwarz gekleidet. Zwei Frauen und ein Mann, aber sie trugen irgendwelche komischen Masken. Sie kamen einfach aus dem Nichts, hatten wohl im Feld auf uns gelauert. Die Drei kamen angelaufen und zerfetzten uns mit ihrem Fingerkrallen, haben aber nicht zugebissen. Glücklicherweise. Dann sind sie einfach abgehauen und die eine nannte den Mann...hm...irgendein Elfenname, Cray oder Shrach oder so, ich hab es nicht mehr richtig mitbekommen. Sie wollten nach Axonberg, soviel weiß ich auf jeden Fall."

„Danke guter Mann.", sagte Natalia und schwang sich wieder in den Sattel.

„Ich werde dem nachgehen."

Sie stieß dem Pferd die Fersen in die Seiten und ritt gen Westen, in die genaue Richtung der Sonne. Sie blendete sie leicht, doch störte das die Nomorin nicht weiter.

Am Horizont sah sie bei Nachtanbruch schon die Spitzen der großen Tannen des Elfenwaldes, am Rande von Axonberg.

Sie ritt die Nacht hindurch, am Waldrand entlang und machte sich viele Gedanken um Edward. Wohin war er nur verschwunden? Sie musste ihrem Pferd bald eine Pause gönnen, weshalb sie ein wenig in den Wald ritt um sich auszuruhen. Neben dem Weg fand sie nach einiger Zeit eine Lichtung und stieg ab. Es war sehr dunkel im Wald, die Nacht war übers ganze Land gekrochen, wie eine Schnecke an einem regnerischen Morgen. Sie schaute sich nicht um, Natalia war von der langen Reise sehr müde und schlief sofort ein. Sie träumte von Edward.

Natalia lag auf dem Baumstamm und sah sich um. Die Abenddämmerung hatte sich über den Wald gelegt. Edward stand, das Schwert in der Hand, einem Werwolf gegenüber. Seine Kleidung war zerfetzt, überall an ihm klebte Blut. Da war noch eine Person, ein Elf, der an einen Baum gekrümmt da lag.

Der Werwolf drehte sich zu Edward um, der taumelnd da stand. Er ließ das Schwert fallen und fiel zu Boden. Natalia schrie auf, konnte sich aber nicht bewegen, nur zusehen wie sich das Monster auf den wehrlosen Edward stürzte. *Steh auf, Edward!*

Doch er stand nicht auf. Der Werwolf sprang auf ihn los. Dann der Schrei eines Greifen.

Sie wachte mit einem Kreischen auf. Schweißgebadet setzte sie sich auf und schaute sich auf der Lichtung um.

Am vorherigen Tag hatte sie vieles übersehen. Die Feuerspuren in der Mitte der Lichtung gegenüber, die umgestürzten und abgebrochenen Bäume und... die Blutspuren überall. Das war gestern noch nicht da gewesen, da war sie sich sicher. Die Bändigerin stand auf und untersuchte den Feldweg.

Pferdespuren zeigten in Richtung Axonberg, auf dem Weg den sie auch benutzen wollte. Zwei Männer waren hier gewesen. Edward war hier gewesen.

Sie strich sich die Haare aus dem Gesicht und blinzelte in die Morgensonne. Dann schwang sie sich aufs Pferd und rieb sich die Augen.

Das Pferd wieherte los und es bewegte sich im Galopp, den Spuren der zwei Männer nach. Es war schon fast Mittag als sie in Axonberg ankam und Natalia bewegte sich langsam durch die Stadt. Sie kam auf eine Straße und hielt an einem Stall auf der Marktstraße an.

„Entschuldigen sie bitte guter Mann", sprach sie den Bauern am Ende des Stalls an.

Er drehte sich zu ihr um und sah hoch.

„Was kann ich für sie tun, edle Dame?"

„Haben sie vielleicht zwei Männer, einen Menschen...", log sie. „...und einen Elfen gesehen?"

„Oh ja, die Beiden sind gerade in das Gastronomie-Viertel eingebogen, hatten ihre Pferde hier abgestellt und so ein komisches Horn dabei. Aber..."

„Ja?", Natalia sah den man freudig und neugierig an.

„Eure drei Männer sind schon vorgegangen, gute Frau..."

„Was?! Drei Männer?!" Natalia sprang entsetzt vom Pferd. Die Meuchelmörder! Sie musste sofort Christian informieren.

„Wie sahen sie aus?", Natalia fragte stotternd den Bauern aus.

„Sie hatten schwarze Mäntel mit Kapuzen an, die Gesichter hab ich nicht erkannt, warum?"

„Kann ihnen egal sein. Wo finde ich den nächsten Magier?"

„Um die Ecke links, aber..."

Doch bevor der Mann ausreden konnte war Natalia schon um die Ecke gesprintet und trat in den Laden ein.

„Ich muss dringend eine Botschaft abschicken!", schrie sie lautstark in den dunklen Raum.

Ein Mann mittleren Alters trat langsam hinter einem Bücherregal hervor. Er hatte eine rote Robe an und sprach sanft und leise. Durch das dunkle Licht, dass wohl durch Magie entstanden war, denn sie sah keine Fackeln, wirkte der Mann ein wenig gruselig und unvorhersehbar.

„An wen soll den die Nachricht gehen, gute Frau?"

Der Zauberer nahm ein vergilbtes großes Buch aus dem Regal und nahm ein leeres Stück Papier heraus. Natalia wusste schon dass, was man in das Buch schrieb, sofort an den Empfänger geschickt wurde. So ein magisches Buch für geheime Nachrichten besaß jeder Zauberer, der halbwegs seriös war.

„Schicken sie sie an Christian von Paladien. Die Nachricht lautet: *Die Attentäter sind und bis nach Axonberg gefolgt, wir benötigen dringend Hilfe hier. Sie sind zu dritt, also seid auf der Hut. Sie könnten gerade hinter euch stehen.*

Eure Natalia, Nachricht aus Axonberg."

Der Zauberer sah sie forsch an. Dann nahm er das Stück Papier und legte es in das Buch. Leise verschwand er wieder hinter seinen Büchern und sie wieder auf die Straße. Sie hatte keine Zeit zu verlieren, denn es ging um Edwards Leben.

Die Sonne blendete sie, doch sie schloss kurz die Augen und schaute kurz auf die Dächer. Und dort saßen drei Männer, mit Blick auf die Nebenstraße.

Reflexartig zog Natalia die Armbrust vom Rücken und legte einen Goldbolzen an.

Sie atmete konzentriert und ruhig, zielte auf die Rechte Schulter des linken Mannes und beobachtete die Körperstellung der beiden anderen.

Die Attentäter wussten schon lange, dass Natalia sie sah, erkannte sie, doch da war es schon zu spät.

Sie drückte ab.

Der Meuchelmörder wich dem Schuss mit Leichtigkeit aus, er sprang hinüber und landete geschickt wieder auf dem Dach. Doch der Bolzen streifte das Knie des Mannes, Natalia hatte die Flugbahn noch leicht beeinflussen können. Der Mann schrie auf, verlor das Gleichgewicht und trat auf einen schiefen Dachziegel. Er blieb mit der Hose am Absatz hängen, zog den rechten Fuß nach und drehte sich einmal in der Luft. Mit einem Klirren des Stahls seines Schwertes, fiel er rücklings vom Dach und krachte mitten in einen Heuwagen, der unter dem Gewicht nachgab.

Die Bretter knarrten, der Wagen brach und der Mann kullerte stöhnend aus dem Heu heraus.

Die anderen beiden kamen mit einem katzenhaften Sprung vom Dach und zogen die Schwerter, in Natalias Richtung geneigt. Keiner sagte ein Wort, eine kurze Zeit lang starrten sich die Drei nur an.

Dann griff der Rechte an. Er brachte eine Drehung in der Luft zustande und hieb mit einem seitlichen Hieb nach Natalias Brust. Sie zog weg und formte einen Schild aus Gold, den sie dem Attentäter ins Kreuz rammte. Der Mann verlor das Gleichgewicht, Natalia rollte sich nach links ab und stützte sich aufs Schild. Sie drückte sich mit den Armen hoch, sprang auf und machte ein Spagat. Mit dem Einen Fuß trat sie dem Mann ins Gesicht und mit dem anderen drückte sie seine Waffe weg.

Langsam richtete sie sich auf, keuchend atmete sie auf und hielt den Schild vor sich. Doch der letzte Mann kam nicht. Er hatte seinem Freund beim Aufstehen geholfen und die Beiden stellten sich zwischen sie und den am Boden liegenden. Blutverschmiert stand auch dieser auf und stolperte nach hinten zurück, sie zwangen die Nomorin zum Angreifen, doch sie wollte nicht. Sie sah auf die zwei Männer, die in Verteidigungsposition vor ihr standen. Doch wo war der Dritte hin?

Natalia zuckte leicht, sah sich schnell nervös um.

Der letzte Meuchelmörder war hinter sie gelangt und jetzt drangen sie von allen Seiten auf sie ein. Die beiden Männer vorne hieben nach ihr, einen Schlag parierte sie, doch der andere zerfetzte ihr die Jacke. Blut rann aus der Schnittwunde, die an der Taille klaffte. Der nächste Schlag kam zielsicherer, schnitt ihr die Hose an der rechten oberen Seite auf. Natalia fiel schwitzend zu Boden, rang nach Luft, doch die Attentäter versetzten ihr keinen letzten Stoß. Sie flohen, denn die Menschen kamen langsam auf die Straßen und einer nach dem anderen half der am Boden liegenden Verletzten.

Von den drei Männern war keine Spur mehr zu sehen, dass letzte was Natalia sah, bevor sie das Bewusstsein verlor, war das zumutende Gesicht eines Mannes, der ihr die Wunden verband.

Die Wunden waren nicht schwer, Natalia war am Abend wieder voll auf den Beinen und suchte nach Spuren der Attentäter. Sie fand ein paar Blutspuren und folgte ihnen unauffällig bei Nacht. Sie führten sie zu einem kleinen Gasthaus, vor dem die Männer etwas ausheckten. Sie beobachtete Edward, der im Gasthaus saß und mit einen Elf trank, ausgiebig und wollte ihn am liebsten sofort warnen. Doch es war viel zu riskant, denn jetzt hätten die geübten Profikiller sie leicht überwältigen können.

Nein, Natalia wartete auf den richtigen Moment, den Zeitpunkt des Angriffs der Mörder. Und dann stürmte sie los.

Edward lag am Boden, hatte reinen der Männer überwältigt, doch lag nun mit blutender Nase am Boden. Natalia, ein goldenes Stilett in der Hand ging auf den Mann über Edward los. Sie zog ihm die Klinge über die Schulterblätter und lies ihn überrascht und vor Schmerz schreiend auf den Boden fallen.

„Du bist wieder da, Püppchen?", fragte der letzte der noch stand provokant und knirschte aggressiv mit den Zähnen. Er schob einen Tisch mit dem Fuß vor sich und sprang dahinter in Deckung. Natalia bewegte sich langsam darauf zu, dass Messer schützend vor sich gehalten. Der Mann sprang blitzschnell hinter dem Tisch hervor, zog ein Messer und warf es nach Natalia. Die Flugbahn war krumm, er war nicht zielsicher gewesen, trotzdem hatte die Nomorin Probleme beim Ausweichen. Das Messer flog an ihrem Oberschenkel vorbei, zerriss ihr jedoch die Hose und lies ein Bisschen Blut aus der Haut fließen. Sie bemerkte es fast gar nicht und warf nun ihre Waffe, wesentlich zielsicherer.

Das Stilett bohrte sich in die rechte Schulter des Mannes, der sofort mit einem dumpfen Geräusch zu Boden fiel. Schwer atmend trat sie an Edward heran, der das Bewusstsein verloren hatte. Er sah zerschunden aus, hatte Stich-, Schlag- und allerlei andere Wunden von Monstern und Klingen.

Natalia zog einen Brief aus ihrer Tasche und schob ihn vorsichtig in Edwards.

Sie atmete auf und verließ den Saal ohne noch einmal zurückzuschauen.

Es war fast Mitternacht, Natalia nahm ihr Pferd bei den Zügeln und führte es ruhig und traurig nach Osten. Sie hatte schließlich eine Aufgabe zu erfüllen.

Eine, die weitaus wichtiger als Edward war. Redete sie sich jedenfalls immer wieder ein.

Vor einem Monat hatte Christian sie mit der Aufgabe betraut, ein gewisses Amulett nach Transilan zu bringen. Das Amulett war uralt, es wurde einst von einem mächtigen Zauberer hergestellt, um ein ganzes Volk zu vernichten. Doch damals hatten die Elfen es ihm abgenommen und den Nomoren gebracht, damit diese es beschützten. Nun musste Natalia es König Dracula überreichen, damit er die Menschen komplett auslöschen konnte. Sie hatte sich an Bord eines Schiffes geschmuggelt um über den Faser eine Überfahrt nach Strecorm zu machen. Sie wollte möglichst geheim und unauffällig bleiben, weshalb sie sich von den Passagieren wegdrehte und das Amulett betrachtete. Es bestand aus schwarzem Stein und es waren elfische Runen und Schriftzeichen am Rande eingeritzt worden. In der Mitte des Gehäuses befand sich ein roter, leuchtender Stein.

Sie hängte es sich wieder, mit einem daran befestigten Lederband, um den Hals und dachte nach.

Die Runen die sie lesen konnte hießen *Sterg`al gera´lè. Al ecrèn`lagré,* doch ihre Bedeutung konnte sie nicht entschlüsseln. Das bisschen elfich, was sie konnte hatte sie von Edward gelernt, es waren nur Standartbegriffe wie *Hallo!* oder *Wie geht es dir? Weklom* und *Est`kel ar ´wanar?* dachte sie sich schmunzelnd im Kopf.

Sie sah am Horizont schon die spitzen Türme der Insel Holl, wunderschön wie jedes Mal, doch nicht so wundervoll wie sonst, denn die Sonne versteckte sich heute hinter den tief hängenden Wolken. Ein bisschen Nebel und Regen spielten auch mit, man bemerkte die hohe Luftfeuchtigkeit, was wohl am kommenden Winter lag.

Dennoch war es nicht sonderlich kalt, Natalia reiste in einem kurzärmligen Hemd, hatte den Umhang nach hinten geworfen und schlang ihn nicht um sich.

Ja, die Aufgabe war von ungeheurer Wichtigkeit, wenn es darum ging, die Vampire beim Gewinnen des Krieges zu unterstützen.

Aber gleich die ganze Menschheit auszulöschen war es nicht wert, dachte sie, denn sie misstraute Dracula und seinen Absichten. Warum hatte sie nur die Vampire gewählt, die, die sie aus dem Rat der Monster und Nichtmenschen ausgestoßen hatten? Natalia hatte schon oft an Christian und seinen Entscheidungen gezweifelt, doch sie hatten sich bisher immer als wirksam entpuppt.

Aber Edward verbannen und die Menschheit auslöschen?

Sie dachte noch ein bisschen darüber nach und am Ende wurde es ihr gleichgültig.

Sie war ja nicht betroffen, warum also darüber nachdenken.

„Weil wir das nicht zulassen dürfen!", sagte in ihrem Kopf die Stimme von Marie Karle, einer Seherin.

Natalia zuckte kurz zusammen, obwohl sie diese Stimme in ihrem Kopf schon gewohnt war.

„Hör auf meine Gedanken zu lesen!", sagte sie telepathisch zurück, sie versuchte möglichst zickig zu klingen, was ihr noch nicht so gut gelang.

Ihre beste Freundin Marie hatte ihr beigebracht sich telepathisch zu unterhalten.

Damals waren die beiden acht Jahre alt gewesen und hatten sich gerade angefreundet. Da Marie nicht sprechen konnte, redete sie telepathisch mit Natalia und, wie Kinder so sind, wollte Natalia das auch können.

Also trafen sich die Beiden jeden Tag nach der Schule und Marie trainierte mit Natalia das Reden und Hören über Gedanken. Durch die vielen Stunden zusammen wurden die Beiden, fast wie automatisch, beste Freundinnen. Und die Freundschaft der Mädchen hielt auch weiter im Rat der Nomoren und jetzt begleitete Marie Natalia auf der vielleicht wichtigsten Reise ihrer besten Freundin.

Sie drehte sich zu der verschleierten aber attraktiven Marie um. Sie trug ein weißes, langes Kleid mit einem weißen Schleier, der ihre Augen verdeckte und bewegte sich auf Natalia zu.

„Natürlich ist es falsch, was Christian uns einredet! Wir dürfen doch nicht die ganze Menschheit vernichten!", ihre Stimme klang vorwurfsvoll in ihrem Kopf und Marie verzog dabei den Mund wütend.

„Ja, aber was sollen wir denn sonst machen?", antwortete Natalia, doch ihre Stimme klang immer noch normal, sie war ja auch keine Meisterin wie ihre Freundin, die die Stimmung perfekt mit Telepathie ausdrücken konnte.

Und damit, dass sie die Handfläche an die Hüfte legte und verständnislos mit den Mundwinkeln zuckte. So wie jetzt.

„Meiner Meinung nach, solltest du das Ding einfach in den See werfen.", sagte sie kalt und drehte sich wieder um. „Aber es ist ja deine Entscheidung, Nat."

„Mädels!", schrie Liana Bolikin in Gedanken, genauso schlecht betont wie Natalia es konnte. Sie war zwar eine Magierin, doch Telepathische beherrschte sie nicht so, wie eine Seherin.

„Ihr könnt das *Armèrk, leß'el Castlo* nicht einfach im Fluss versenken."

Die Elfensprache beherrschte sie allerdings besser als Natalia und Marie zusammen. Sie hatte sie während ihrer Schulzeit mit Edward gelernt, die Beiden waren im gleichen Kurs in Kohlenburg, zusammen mit James gewesen.

Dabei fiel ihr ein, dass immer noch niemand wusste, was nach Edwards Flucht von der Versammlung geschehen war. Er hatte eine Nomorenwache schwer verletzt und Christian war ausgerastet und hatte ihn abführen lassen.

Hoffentlich hat grade keiner meine Gedanken gelesen, dachte Natalia, denn Liana war klar, bei allem auf Christians Seite.

„Was für Gedanken denn?", fragte sie plötzlich in Gedanken und setzte eine fragende und einschüchternde Miene auf.

„Ach nichts.", antwortete Natalia schnell und wand sich wieder ab. Wahrscheinlich diskutierten die Beiden noch weiter, doch Natalia machte sich nicht mehr die Mühe zuzuhören.

Sie beobachtete langsam und genau den Nebel. Er war natürlichen Uhrsprungs, nicht magischem, was sie daran erkannte, dass er nicht so roch wie magischer, stinkender, sondern nach Regen.

Er verdeckte nun die Türme von Holl, und es fing an zu regnen. Sie mussten jedoch fast da sein, denn das Wasser wurde wesentlich flacher, im Vergleich zum Gewässer auf See. Es schäumte gegen die Bordwand des Schiffes. Natalia neigte sich weiter aus dem Schiff und atmete den Geruch des Wassers ein.

Eine Weile verharrte sie so, jedenfalls bis ihr eine etwas zu groß geratene Welle mitten ins Gesicht klatschte. Ihre beiden Freundinnen brachen in tosendes Gelächter aus und konnten sich vor Lachen nicht mehr halten. Das Boot kippte leicht und sie fielen Beide übereinander, mitten in das salzige Wasser an Deck.

Wasser prustend drehte sich die klitschnasse Natalia zu den Anderen um und alle Drei lachten laut los.

Vollkommen durchnässt stiegen die Freundinnen von Bord, über einen Steg auf die Straße, am Hafen von Holl. Sie bummelten durch den Hafen, auf der Suche nach einem netten Gasthaus, ihnen angemessen. Sie fanden keins, überall wo sie klopften war entweder zu, oder der Besitzer war unfreundlich. Also kauften und striegelten sie Pferde und ritten über die Meeresbrücke nach Osten.

Sie mussten ja so oder so irgendwann weiter reiten, denn Dracula wartete.

Sie ritten eine vom See glatte Straße entlang und kamen irgendwann in der Nacht in Grandie an. Dort fanden sie schnell einen schönen Ort für die Nacht, denn in Grandie war der Service wesentlich besser und für durchnässte, hübsche Frauen hatte jeder eine Tür offen. Natalia verließ mit einem schlichten „Gute Nacht" den Saal und machte sich auf in ihr Zimmer. Sie war müde, hatte seit zwei Tagen nicht geschlafen und hungrig war sie auch. Doch dafür wollte sie am nächsten Morgen sorgen, denn sie war von der ganzen Reise tot müde.

Am nächsten Morgen ritten die Frauen, nachdem sie sich ausgeschlafen hatten, weiter. Sie nahmen die Hauptstraße, es war schon Mittag, doch der Himmel war immer noch bedeckt von Wolken. Es hatte wohl in der Nacht geregnet, denn es lag dichter Nebel über der Straße, sodass man keine zwei Meter weit sehen konnte. Natalia fiel, zur Sicherheit, in einen schnellen Trab ein und die anderen Beiden machten es ihr nach. Ungefähr nach einer, vielleicht zwei Stunden erblickte Natalia eine Mauer mitten auf dem Weg. Abrupt hielt sie das Pferd an und stutzte. Marie zog eine Karte aus ihrer Tasche und hielt sie den anderen vor die Nase.

„Auf meiner Karte ist hier überhaupt kein Ort eingezeichnet.", hörte Natalia.

Laut antwortete Liana und zeichnete mit dem Finger ein Gebiet auf der Karte nach.

„Und im umliegenden Gebiet hier auch nicht."

Knarrend öffnete sich hinter Natalia eine, aus dem Nichts aufgetauchte, Tür und Natalia zuckte angsterfüllt zusammen. Sie drehte sich langsam um und rief in die schwarze Dunkelheit hinein: „Hallo? Jemand da?!"

Liana entzündete ein Feuer in ihrer Hand und schob sich an Natalia vorbei in den Raum. Langsam und still wie Mäuse schlüpften Marie und Natalia ihr nach durch die Tür und erblickten dahinter einen großen Thronsaal. Es war ein blutroter Teppich auf dem Boden ausgerollt, der jedoch nicht ganz den Boden aus Holzdielen bedeckt. An, an die Decke ragenden, Säulen waren große Holzkohlefackeln angebracht, die mit einem Mal entzündeten. Sie gaben nun einen perfekten Blick auf den goldenen Thron und den Rest des fensterlosen Raums frei.

Langsam und abgehackt stand eine in Schatten getauchte Gestalt vom Thron auf und stieß mit einem Holzstab auf den Boden auf. Die Gestalt war männlich, ungefähr zwei Meter groß und trug einen Umhang.

„Haltet euch zurück, Mädels. Das ist ein ---", Liana klatschte mit einem dumpfen Klang auf den Teppich hinter ihnen auf. Reglos blieb sie liegen und Natalias Gesicht verkrampfte sich zu einem verstörten Schrei. Marie versuchte ihrer am Boden liegende Freundin aufzuhelfen, doch vergebens war sie, wie am Boden festgeklebt.

Der Mann trat aus den Schatten hervor und zeigte seinen, in eine Rüstung geketteten, knorrigen Körper. Ein Geist. Der Vollstrecker von Strecorm.

Natalia hatte Legenden über den Geist des ersten Königs von Strecorm gehört, doch an seine Existenz hatte sie nie geglaubt. Nun stand, nein schwebte er leibhaftig vor ihr.

„Herzlich willkommen.", krächzte der Geist lautstark.
„In meinem Schloss!"

Damals, vor circa 500 Jahren, als die Länder aufgeteilt wurden, lag
Strecorm noch im Krieg mit Asorlien und König Elioth, der
Vollstrecker stand mit dem Rücken zur Wand. Der König von
Asorlien, Jeremia brach am Ende des Krieges schließlich die Tore von
Elioths Festung und stürmte den Palast. Er ließ Elioth in seinem
eigenen Schloss hängen und verbrannte die Festung. Dann teilte er das
neue Land den Vorfahren von König Gerhard als Provinz Strecorm zu
und bald wurde es auch zum selbstständigen Land erklärt.
Und nun kehrte wohl immer wieder der Geist Elioths an den Ort
seines Todes zurück und lies die Schrie der aus Asorlien kommenden
Menschen in den Hallen seines Geisterschlosses zurück.

Natalia stellte sich schützend aber, nicht sehr selbstsicher vor ihre
beiden Freundinnen und zog die Armbrust. Von Edward hatte sie
gelernt, dass man Geister nicht mit spitzen oder scharfen, wohl aber
mit stumpfen Gegenständen treffen konnte. Sie verformte unauffällig
die Spitze des Goldbolzens und hielt ihren Finger am Abzug.
„Gib mir einen Grund warum ich nicht abdrücken sollte, Elioth!",
schrie sie ihm mutig entgegen, aber innerlich hegte sie starke Zweifel.
Triumphierenden Blickes stierte der Geist ihr direkt in die Augen und
antwortete hüstelnd und ruhig: „Vielleicht, weil die Magierin sonst
stirbt!"
Natalia drehte sich ruckartig zu den beiden anderen um und musste
mit ansehen, wie ihre Freundin Natalia fast im Boden versank.
Sie drehte sich entsetzt wieder dem Geist zu und die nächste
Überraschung traf sie mit voller Wucht.
Hinter dem Geist sprang eine andere Person durch die Wand und
rammte dem Mann von hinten einen Hammer rechts gegen die
Schläfe.
Elioth fiel nach links und krachte mitten vom Thron.
Hinter ihm wirbelte James von Kohlenburg verschwitzt und schmutzig
den Hammer in der Hand herum.

„James, was machst du hier?!", schrie Natalia dem verschwitzten Braunhaarigen entgegen. „Hat Christian dich nicht einsperren lassen?" Der Nomor atmete erleichtert auf, er trug ein braunes, zerrissenes Wams, sein blutiger, rechter Arm war schmutzig, wie der Rest seiner Kleidung und er hatte Schürfwunden am ganzen Körper. Er grinste Natalia selbstsicher an.

„Läufer, schon vergessen, Nat? Ach übrigens...Ich hab dir grade das Leben gerettet, ein bisschen Dankbarkeit wäre vielleicht angebracht." Sie sah nach hinten, zu der keuchenden Liana, auf die von Marie heftig eingeredet wurde. Anscheinend ging es ihr gut. Bevor sie sich wieder James zu wand beobachtete sie den am Boden liegenden, legendären Geist. Ein komischer Anblick, irgendwie.

„Danke, James.", sagte sie verlegen und umarmte den Freund Edwards zur Begrüßung. Sie steckte sich die Armbrust wieder auf den Rücken und beobachtete James, der sich mit den Fingern, durch den weißen Bart strich. Stolz schlug er plötzlich vor: „Natalia, ich bitte dich, dich auf deiner Reise nach Transilan begleiten zu dürfen. Christian hat mir, im Knast, alles erzählt und ich könnte dir dabei ein guter Verteidiger sein,...aber lass uns erst einen Arzt aufsuchen, bitte." Er zeigte auf seinen verwundeten Arm, der, während der Flucht aus Ublé, von einer Nomoren-Wache aufgeschnitten wurde.

„Es wäre mir eine Ehre.", sagte Natalia dankbar.

Hinter ihr traten Marie und die von ihr gestützte Liana dazu. James Gesichtsausdruck versteinerte sich schlagartig und schockiert stammelte er: „Lia, was machst du denn hier?! Du hättest sterben können!"

Er schloss sie in die Arme und entspannte sich erleichtert.

„Ich lebe.", antwortete die Magierin ruhig und mit einem vielsagenden Blick in Richtung Maries und Natalias, doch sie erwiderte die Umarmung.

Natalia hatte schon lange von der Beziehung der Beiden gewusst, auch davon, dass sie es geheim halten wollten. Und sie hatte nicht vor, dass Geheimnis aufzulösen.

Liana zog James an sich heran und flüsterte ihm etwas Unverständliches ins Ohr, woraufhin dieser errötete.

Marie stupste Natalia grinsend in die Seite, doch das Paar tat einfach so, als hätten sie es nicht bemerkt.

Natalia dachte traurig an die Zeit zurück, in der sie und Edward noch zusammen waren. Sie waren nun schon zwei Jahre lang getrennt. Sie dachte damals, dass Edward sie betrogen hätte, da er jeden Abend weg war. Doch in Wahrheit hatte er jeden Abend dafür gearbeitet, Medikamente für James zu beschaffen, der schwer krank war. Natalia wusste davon natürlich bis heute nichts, da Edward James ewiges Schweigen geschworen hatte. Sie hatte sich also in einem falschen Glauben über ihn, von Edward getrennt und damit sich und ihm das Herz gebrochen.

Sie schluckte den traurigen Gedanken runter und schloss, ohne noch einmal auf das, sich langsam in Nichts auflösende, legendäre Schloss zurück zu sehen.

Ungefähr auf halber Strecke nach Dorien, kamen die Vier in ein kleines Dorf, namens *Deel Eratw* und suchte einen Arzt. Sie waren die halbe Nacht durchgeritten, der Hahn hatte schon gekräht und ein paar Ochsenkarren arbeiteten schon auf den von Frost bedeckten Feldern der Bauern. In der Apotheke, in der sie sich befanden war es dunkel, nur das karge Morgenlicht beleuchtete das kleine, aber geräumige Zimmer des Apothekers, in dem, in Regalen aufgereiht, grün gefärbte Gläser, gefüllt mit Tierorganen und widerlichen Schleimsorten, über die sie Liana mit Informationen versorgte, die wirklich niemand wissen wollte. Man konnte also umso weniger erkennen, was der Apotheker grade aus einer Schublade kramte, nachdem er eine halbe Stunde lang James' hingehaltenen Arm untersucht hatte. Der, ironischer Weise groß gewachsene, Halbzwerg kam unter seinem Tisch hervor und brachte einen weißen Bund Stoff mit sich. Er hatte graue, lange Haare und wischte sich die, mittlerweile rot gefärbten Handschuhe an seinem Arbeitskittel ab. Er hatte einen zwergischen Akzent und redete langsam und gebildet.

„Du hattest n Glücke, Herr James. Wär dit Ding n bisele tiefer in n Arm einjedrungen wär'ste verblutet. S' hat janz knappe die Pulsader verfehlt, n paar Blutjefäße zertrennt und ne tiefe Schnittwund hinterlassen."

Er verband langsam und vorsichtig James' rechten Arm und schnitt mit einer Schere ab. Dann fuhr er fort: „Aber meine Dienste sind nich umsonst. Dit macht dann sieben strecormer Kronen, bitte sehr."

James zog mit der linken Hand, mit der er vorher die ganze Zeit über Lianas Hand gehalten hatte, ein paar goldene Münzen aus seiner Hosentasche und überreichte sie dem Mann.

„Der Rest ist für Sie.", sagte er und hörte sich noch höflich die Antwort des Zwergs an, bevor er und die drei Damen die kleine Praxis wieder verließen.

„N schönen Dank und juten Tag, wünsch ich, juter Mann!", lachte der Zwerg und winkte ihnen hinterher, während sie wieder die sandige Straße betraten.

Es roch nach Tau, Natalia mochte diesen Geruch, der nur im Winter so schön und frisch da war, er erinnerte sie immer an die schönen, natürlichen Dinge.

Zu beiden Seiten waren, in diesem Moment, schon ein paar Händler dabei, ihre Marktstände aufzubauen, denn in Strecorm gab es, im Gegensatz zu Asorlien, keine Markttage, sondern die Menschen durften ihre Waren jeden Tag verkaufen.

Eine bucklige, verhüllte Frau war dabei, ein großes, beschriftetes Pergamentstück aufzuhängen. Sie machte es mit einer Art Wachs am zweiten Holzbalken ihrer Bude fest, der mit ein paar, schnell zusammengezimmerten, Brettern eine Art Stand bildete. Im Vorbeigehen fiel Natalia die Aufschrift auf.
WARME KLEIDUNG FÜR DEN WINTER

Sie blieb abrupt stehen und winkte ihre Freunde zu sich, staunte über die dicken Felle, Pelze, Mäntel, Mützen und sonstige wärmende Kleidung, die den Winter erträglicher machten.

„Hey, Leute. Lasst uns ein paar Mäntel kaufen, sonst erfrieren wir hier sonst noch, bevor wir überhaupt in Transilan ankommen. Außerdem haben wir ja schon den... wartet..."

Sie suchte nach einem Schild oder einer Tafel mit einem Datum und wurde bei der Zeitung eines schnarchenden, alten Bauern fündig.

„...den 31. November...Moment...den 31.?! Wir haben schon den 31. November!"

Freudig sprang sie auf und zog die anderen hinter sich mit, die ebenfalls zu Lachen begonnen hatten. „Lasst uns ein schönes Gasthaus suchen!"

Der 31. November war der mit Abstand beliebteste Feiertag der ganzen neuen Welt.

Elfisch *Eys fyer*, zwergisch *Klotzkalter Tag* und in Menschensprache einfach *Winterfest*. Jeder kannte ihn und deshalb hatte auch jedes Gasthaus an diesem Tag ein offenes Tor für alle. Es gab feierliches Spanferkel und Freibier für alle am Buffet. Besonders in Dörfern, wie eben, *Deel Eratw* war es besonders gemütlich, denn die Bauern pflegten, nie eine gute Unterhaltung abzuschlagen.

Am Tag des Winterfestes feierte man die Gründung Strecorms, im Jahre 143 und die erfolgreiche Ernte, die sie trotz des Winters nach sich zog. Genau aus diesem Grund wurden, sogar heute noch, zu dem Spanferkel Kartoffeln, Rüben und anderes frisches Gemüse angeboten und Jeder amüsierte sich köstlich. Und heute, 739 Jahre später, drohte Strecorm wieder zu zerfallen, zerstört von Dracula und seiner Armee von Monstern, die hinter der Grenze lauerten.

Aber am Winterfest zählte das nicht, nicht einmal, für die Frau, die dabei helfen sollte, die ganze Menschheit zu vernichten.

„...und dann habe ich dem König einen Hammer gegen die Schläfe gedonnert und er ist umgefallen!", erzählte James vom Kampf gegen den Geist. Die Menge der beeindruckten Bauern applaudierte ihm, ein Kellner brachte einen neuen Braten und sogleich nahmen sich die Zuhörer neues Essen. Sie waren begeistert von der Geschichte des mutigen Helden, der den Geist besiegt hatte.

Umso weniger jedoch die drei Frauen, die am Ende der Kneipe ihren Spaß hatten.

„So ein Angeber.", sagte Liana eifersüchtig und nippte an ihrem Weinglas.

Lächelnd antwortete Natalia:

„Ja, da kann man nichts machen, Männer sind ebenso."

James stemmte eine Hand auf sein Knie und richtete sich auf. Er ließ einen Dolch zwischen seinen Fingern kreisen, biss von einer Keule ab und trank einen Schluck Bier. „Ich habe den berühmten Geist besiegt, wie...Wwwuuuaaaahhh...", James stolperte über ein magisches Seil und fiel mitten in den Saal. Die Zauberin zwinkerte ihren Freundinnen zu und die drei brachen in tosendes Gelächter aus.

„Und du bist wirklich dafür, das Amulett einfach so den Vampiren zu geben, Liana?", fragte Marie interessiert. „Ich würde es einfach zerstören, wir sollten uns aus dem Krieg raus halten, das ist nicht unsere Sache. Sollen sich Gerhard und Gordon doch mit Dracula schlagen, unser Problem ist das nicht. Warum sollten wir die Menschen auslöschen? Ich mag diese Leute."

Lianas Wein war schon fast leer, sie zuckte mit den Schultern, hob den Kopf und strich sich mit den Fingernägeln eine Haarsträhne aus dem Gesicht.

„Ich glaube Christian, was das betrifft und wenn die Mehrzahl von uns für die Vampire ist, dann schließe ich mich dem an."

„Ja aber", fing Natalia an. „Musste er wirklich Edward verbannen? Er hat doch gar keine Beweise!"

Sie schaute kurz in Richtung Tür, durch die gerade drei Männer stolziert kamen. Sie trugen dienstliche Uniformen, der Anführer des Trupps hatte einen schwarzen Schnurrbart und war ziemlich groß. Er zog langsam ein Schriftstück aus seiner Tasche und las vor:

„Wir sind hier, um Natalia aus Wantana, Marie Karle, Liana Bolikin und James von Kohlenburg festzunehmen."

Die Frauen sprangen auf und zogen die Waffen, die drei Männer taten es ihnen gleich.

Ehe James überhaupt kapierte was um ihn herum geschah, floss schon Blut und Zaubersprüche wurden durch die Luft geschossen. Liana sprang zur Seite und brüllte etwas Unverständliches. Ein greller Lichtblitz zuckte durch die Luft und blendete die Männer. Natalia schoss einen weiteren Goldbolzen ab, der den linken Uniformierten über dem Auge traf.

„Hier rüber, James!", brüllte Marie den anlaufenden Mann an, der sich in Richtung Lianas stürzte.

„Bring uns hier raus, Lia!", schrie er ihr zu.

James kippte einen Tisch um, um sich und Liana dahinter in Sicherheit bringen zu können. Er zersplitterte an der Unterseite, doch blieb standhaft. Menschen flohen aus dem Haus, weg von dem Schlachtgetümmel, den Schreien und Flüchen.

Natalia hatte einen Goldsäbel, geformt wie die Waffe eines räuberischen Waldelfen, in der Hand und parierte den Schlag des Anführers der Männer.

„Für wen arbeitet ihr?", fragte sie, schluckte und hieb dem Mann von oben rechts nach unten gegen das Schwert. Er wehrte ab, schritt zurück und schnitt ihr den Rückweg ab. Er wand seinen Schritt, versuchte mit der Faust nach ihr zu schlagen und antwortete: „Mein Name ist Siegfried Riefenstahl, ich arbeite für einen Homoren!" Natalia wich aus, schritt zurück und rammte ihm das Knie zwischen die Beine. Siegfried heulte auf und krümmte sich, wie jemand, der zu viel gegessen hatte.

„Ich kann jetzt teleportieren!", hallte Lianas Stimme hinter dem Tisch hervor und ein gelber Lichtschein erhellte den Raum. Natalia stieß den letzten Mann weg und hechtete hinter den Tisch. Ein gelblicher, runder Kreis war im Boden zu sehen, er leuchtete aus der schwarzen Mitte hinaus, es war ein Teleport-Kreis den Liana erschaffen hatte. Marie kam hinzu gesprungen und trat als erste durch das Portal. Sie verschwand einfach im Boden, ein platschendes Geräusch war zu hören, während Marie im Boden verschwand. James hob Liana hoch und lies sie sanft, Marie nach, durch das Portal gleiten, sprang ihr nach und verschwand genauso wie die beiden anderen. Das Portal begann schon zu flimmern, also wollte Natalia ihnen hinterher springen, doch sie wurde am Arm festgehalten.

„Du bleibst hier.", zischte Siegfried.

Nun reichte es Natalia, sie krallte sich an seinem Arm fest, verdrehte ihn brutal und lies Siegfried über ihre Schulter gleiten. Das Knacken des Armes wurde von dem Summen des Portals übertönt, Natalia machte einen Kopfsprung, durchriss den Kreis und landete...mit dem Gesicht voran in einem Kartoffelsalat.

Sie stand auf, wischte sich die Reste der Mayonnaise aus dem Gesicht und blickte sich im Raum um. Sie lag in einem, von Fackeln erhellten, kleinen Raum ohne Fenster. Die Decke war niedrig, es war wohl ein Zwergen Zimmer. Sie erkannte eine, in der Mitte des Raumes aufgebaute, Tafel und Stühle, die darum herum aufgestellt waren. Sie schlussfolgerte, dass hier wohl vor kurzem eine Feier gewesen sein musste, denn die Essensreste standen noch auf dem Tisch, es war aber niemand mehr anwesend.

Bis auf Liana, James und Marie.

„Das waren bestimmt diese Attentäter, von denen Christian gesprochen hatte.", zischte Liana böse und wand sich der Tür zu.

Niemand widersprach ihr und Natalia folgte ihr zur Tür, nach draußen in die Kälte. Der Duft von Frost und Tau stieg ihr in die Nase und die Sonne brannte auf der Haut, obwohl die Temperaturen niedrig waren. Natalia zitterte und rieb sich die Arme, während sie ihren eigenen Atem beobachtete.

„Wir sollten uns ein paar Felle zulegen.", schlug urplötzlich Marie kleinlaut vor.

„Hier in *Deel Eratw* gab es doch welche, oder nicht?"

„Nein.", sagte Liana. „Ich musste uns an den nächsten Ort bringen, an dem magische Energie vorhanden ist und das war nicht *Deel Eratw* sondern Dorien, der Ort in dem wir nun sind. Aber ein paar Mäntel sollten wir hier auch finden, da hast du schon Recht Marie."

Sie nickte der Seherin aufmerksam zu.

Sie verfielen in ein langsames Tempo, schauten sich die einzelnen Verkäufer von Essen, Schmuck und anderen wertvollen Gegenständen genau an, gingen jedoch weiter.

Sie liefen die Hauptstraße nach Osten, um noch ein bisschen des Weges einzusparen, doch blieben sobald bei einem älteren Mann mit Rauschebart stehen, der Felle von Schwarzbären verkaufte.

„Morgen, gute Frau.", begrüßte er Liana und machte eine leichte Verbeugung. Schleimer, dachte Natalia und räusperte sich leicht.

Der Herr trug ebenfalls einen seiner Pelze und fuhr fort:

„Was darf's denn sein? Mütze, Mantel, Pelzstiefel, ich habe alles im Angebot.", der Mann lachte auf, ein gutmütiges Lachen, durch das sich Natalias Stimmung sogleich aufhellte.

„Vier Mäntel, drei für Damen, einen für den Herrn, bitte.", antwortete Liana dem Mann ebenso freundlich und nahm lächelnd die Pelze entgegen.

Nachdem alle die Mäntel angelegt hatten, hieß es nur noch, Pferde zu kaufen und das Knurren im Magen zu Stillen, dann ging es weiter nach Transilan.

Kapitel 4

Edward wachte auf.
Er hatte sich entschieden, zuerst Benjamin Enders zu folgen und zog
sich sogleich dafür an. Eine schwarze Robe mit Kapuze war ihm
bereitgestellt worden, sie war unbequem und Amerób musste einige
Änderungen vornehmen.
Der Elf hatte sich am gestrigen Abend ins Schloss geschlichen,
Edward versteckte ihn nun in seinem Zimmer, wofür sich Amerób mit
Ratschlägen und eben seinem guten Händchen für Schneiderei
revanchierte.
Er schnitt ein paar Stücke unter den Achseln, an den Schultern und an
den Beinen ab und ersetzte sie durch rote Hartlederstücke. Über dem
Handgelenk vernähte er eine Abschussvorrichtung, die kleine
Elfenmesser abfeuern konnte. Er verstärkte die Rüstung noch an
einigen Stellen, mit starkem Stahl, den der unter dem Stoff einnähte
und den restlichen Teil des Tages, verbrachten die Beiden damit, zu
essen und mit dem Messerwerfer zu üben.
Edward wollte Benjamin lieber in der Nacht folgen.
„Wann gedenkst du, aufzubrechen Edward?", fragte der Elf einmal.
Edward brauchte nicht lange zu überlegen, legte Amerób eine Hand
auf die Schulter und antwortete:
„Sobald ich die Belohnung habe!"
Die Beiden verfielen in herzhaftes Lachen und übten weiter, bis kein
Licht mehr durch die Fenstergitter fiel.

Dann machte sich Edward auf, Benjamin Enders zu verfolgen.

Er fand ihn in einem langen Korridor des Schlosses, wo er sich verdächtig umschaute und dann um die Ecke trat. Edward kletterte an einer Quarz Säule entlang und klammerte sich an einem Kronleuchter fest. Er fand Halt an einem Deckenbalken, spannte seine Muskeln an und zog sich mit einem leisen Stöhnen auf den Balken.

Er entspannte kurz und folgte dann, in 18 Meter zum Boden, Benjamin.

Leise, wie eine Maus, setzte er auf dem dünnen Holz einen Fuß vor den anderen.

Er zitterte kaum, Amerób hatte ihm Kontrolle gezeigt und seine Gewichtsverlagerung korrigiert, sodass er nun fast ungehindert auf dem Balken hätte sprinten können.

Es donnerte draußen, Benjamin guckte nervös durch die Gegend, entdeckte die Kapuzengestalt an der Decke jedoch nicht. Edward jauchzte innerlich vor Freude, doch blieb konzentriert und folgte dem Statthalter weiter. Eine zweite Gestalt trat zu Benjamin und sie unterhielten sich kurz. Edward schärfte sein Gehör und belauschte die beiden.

„Wir dürfen es nicht länger geheim halten, Ben.", eine Frauenstimme. „Irgendwann finden sie es sowieso heraus, wir müssen es ihnen sagen."

Die Frau hörte sich, wie eine Dreißigjährige, doch Benjamin war Mitte Fünfzig.

„Nein, sie werden uns verurteilen, wenn wir es ihnen sagen. Wir müssen es weiter geheim halten, glaub mir, Lois.", Benjamins raue, aber zurückhaltende Stimme.

„Unsere Beziehung ist in Gefahr."

Edward hörte wieder weg.

Nur eine geheime Beziehung. Nichts Sorge erregendes. Also war es die Rothaarige. Edward sprang geschickt auf den Boden und hetzte um die Ecke. Erica hatte ihm die Zimmernummer Tris Largemans gegeben, sie wohnte im dritten Stock im Ostflügel und Edward machte sich daran, dass Treppenhaus hoch zu hetzten. Er hatte das Schwert gezogen und schlitterte über den Parkettboden von Etage Drei.

Die erste Tür links hatte schon Nummer 31, die Nummer, die Erica ihm gesagt hatte.

Edward nahm Anlauf und trat die Tür aus den Angeln. Sie krachte ins Zimmer und gab den Blick auf Tris frei, die sich gerade kämmte. Sie ließ den Glaskamm augenblicklich auf dem Boden zerschellen und schoss einen Feuerball auf Edward ab. Er stand im Türrahmen, hatte keinen Platz zum Ausweichen und wurde an die Wand hinter ihm geschleudert. Der Schmerz brannte höllisch, doch er stand wieder auf und zog das Schwert.

„Na, na, na, Vampirchen. Du musst ja nicht gleich den Onkel Ed verbrennen."

Er reckte sich und lachte laut auf.

„Vampirchen? Ich?", antwortete Tris verwundert.

„Sie sind bei mir eingebrochen und unterstellen mir auch noch ein Vampir zu sein? Hier schau dir doch meine Zähne an, ich bin ein Mensch."

Dem hatte Edward nichts entgegen zu setzten, sie hatte gerade und stumpfe Zähne, wie jeder andere Mensch. Er steckte das Schwert weg und setzte betrat das Zimmer.

„Entschuldigung, Ma'am.", sagte er und setzte sich neben sie aufs Bett.

Wer war es dann?

Ihm kam auf einmal ein Geistesblitz. Shay Ja`remîr hatte zwar Lachs auf seinem Teller, doch einen ganzen. Er hatte kein einziges Mal angebissen.

„Einfach herein zu platzen, so eine Frechheit!", meckerte Tris noch weiter, doch Edward ließ sie nicht ausreden.

„Wissen sie in welchem Zimmer Shay Ja`remîr wohnt?", fragte er grade heraus.

„Ähhhmmm.... Nein, aber ich glaube er wohnt im vierten Stock, warum?", stotterte sie verwirrt. Edward sprang auf, die Kapuze fiel ihm vom Kopf und er sprintete los.

„Warte!", hörte er noch die Stimme Tris Largemans hinter sich, doch er bog schon um die Ecke und stemmte sich die Treppe hoch. Er stützte sich, außer Atem, an der Ecke der Wand entlang und kam im vierten Stock an. Und da stand Shay und grinste drohend vor Edward.

„Guten Abend, Edward aus Omion.", sagte er höhnisch und rückte seinen Umhang zu Recht.

„Sie kommen leider zu spät, ich bin schon weg."
Hinter ihm klaffte ein riesiges Loch in der Wand,
höchstwahrscheinlich sein Fluchtweg. Der Vampir bleckte die Zähne,
seine spitzen Elfenohren traten drohend hervor, brachten den spitzen
Kragen des schwarzen Umhangs böse zur Geltung und das Mondlicht
beleuchtete den Brustpanzer aus Leder.
„Wobei ein bisschen zu Trinken noch ganz lecker wäre.", beendete
Shay schließlich den Monolog und leckte sich die Lippen.
Nun reichte es Edward endgültig. Er ließ seinen Griff aus der Scheide
fahren, der Luporenstahl wickelte sich binnen Sekunden um den
Eisenstab und bildete die Klinge, die das Mondlicht reflektierte.
Es donnerte wieder, Shay setzte zum ersten Schlag an und lies seine
Klauen durch die Luft fahren, sie zerschnitt mit einem schrillen
pfeifen und die Klauen prallten auf den Stahl. Edward parierte den
Hieb mit dem Schwert, verlagerte sein Gewicht nach hinten, lies sich
fallen und hielt sein Schwert schräg nach oben. Das reflektierende
Licht blendete den Vampir und er heulte auf.
Edward stütze sich mit dem linken Ellbogen auf und nutzte seine
Chance mit der einstudierten Handbewegung. Er fuhr hoch, zog den
Mechanismus zurück und lies den Pfeil aus der Halterung schnellen.
Shay hatte sich wieder gefasst, doch da traf ihn der Pfeil, der sein Ziel
in Shays Unterarm fand und riss ihn erneut zu Boden. Er schrie
kreischend auf und stürzte, entgegen Edwards Erwartungen nach
vorne. Er stieß seine Zähne schmerzhaft in Edwards Bein, hieb mit der
Klaue nach und warf Edward gegen die hintere Wand. Der Geruch von
Blut erfüllte den Raum, Edward konnte kaum aufstehen und Shay kam
immer näher.
Der Vampir lies die Zähne blitzen und zischte aggressiv:
„Fast hättest du mich erwischt, doch ich habe schon was ich will.
Und...einen Ausgang habe ich auch."
Er deutete triumphierend auf das Loch in der Wand, das sich, bei
genauerem Hinsehen, als ausgebrannt entpuppte.
„Wie?", presste Edward aus den blutigen Lippen hervor und deutete
mit der zitternden Hand hinter den grinsenden Shay. Er zog ein
glänzendes Objekt aus seinem Mantel, hielt es hoch, lies es im
Mondlicht funkeln. Es war rund, faustgroß und leuchtete blau.

„Das habe ich Erica geklaut. Wenn ich es in der Hand halte, dann kann ich meinen kleinen Freund hier kontrollieren.", er gab den gesamten Blick auf das Loch in der Wand und das dahinter liegende frei.

Edward hatte so etwas erst einmal in seinem Leben gesehen, er hatte es nur knapp überlebt und plötzlich fing seine Narbe am Unterarm wieder an zu Pochen. Das Wesen schnaubte Rauch aus seinen Nüstern, brüllte und zeigte seine blitzenden Zähne, genau wie damals.

Shay schloss seine Finger noch fester um den Stein, der Drache stecke den Kopf vollends in durch das Loch und riss ein paar Balken mit sich, die zu Boden fielen.

Edward konnte nicht aufstehen, denn er war unter einem Stück der Decke begraben und musste zusehen, wie der Drache sein Maul aufsperrte, um ihn zu verschlingen.

Doch kurz bevor er seine Zähne in Edwards Fleisch bohren konnte, erstarrten die Gesichtszüge des Vampirs augenblicklich, und er wurde in weißen Rauch gehüllt. Der Stein fiel ihm aus der Hand und fiel klirrend zu Boden, indes Shay durch die Luft gewirbelt wurde. Eine ungeheure Kraft traf ihn, die ihn gegen die Wand und schließlich zu Boden drückte, sie explodierte förmlich, verflüchtigte sich jedoch wieder so schnell sie gekommen war.

Auf der gegenüber liegenden Seite des Korridors stand Tris Largeman, die Hand erhoben, die Lippen bereit um den nächsten Spruch zu wirken.

Sie hielt ein Zauberbuch in der anderen Hand und las den nächsten Spruch ab.

Edward mobilisierte seine Kräfte, stemmte den Holzbalken von sich und begann zu kriechen, denn er musste den Stein in die Finger bekommen.

„Lit'n amer!"

Ein greller Blitz zuckt über Edwards Kopf und das schrille Aufheulen des Vampirs war zu Hören. Ihm flogen mehrere Holzsplitter, spitze Fetzen des berstenden Eichenholzes, um die Ohren, krallten sich in sein Fleisch, wie Zähne, doch er streckte die Hand weiter nach der blauen Kugel aus. Ein Ruck, Edward zog sich nach vorne und packte die Kugel mit der rechten Faust und drückte sie mit all seiner Kraft auf den harten Marmorboden.

Es klirrte, wie bei dem Bruch einer Glasscheibe, als das blaue Objekt auf dem Boden zerplatzte. Der Drache warf seinen Kopf nach rechts, nach links, knallte gegen die Wand und spie Feuer, was eine weitere ungeheure Zerstörung um Edward herum nach sich zog. Er riss den Kopf hoch und blickte durch dichten Rauch, auf einen am Boden liegenden Shay, der sich eine Platzwunde am Kopf hielt. Es flimmerte ihm schon vor den Augen, doch er wollte das Bewusstsein nicht verlieren, also riss er seinen Kopf nach links, rüttelte sich wach und sah auf den Drachen. Er verschwand langsam, sog sich zusammen und löste sich schließlich, vor seinen Augen in Luft auf.

Edward betrachtete seine Hand, in der einer der blauen Splitter steckte, er wollte ihn raus ziehen, doch das funktionierte nicht, es tat nur weh.

Auf einmal verstellte ihm jemand die Sicht, sodass er gezwungen war, auf die vor ihm stehende Tris Largeman zu sehen. Sie stand da, das Buch in der einen Hand, die andere ausgestreckt, um ihn hoch zu helfen.

Er umfasste sie und zog sich humpelnd daran hoch.

„Du bist mir was schuldig.", sagte sie, mit einem selbstzufriedenen Grinsen auf den Lippen und machte ein paar Schritte auf den am Boden liegenden Vampir zu.

Edward strich sich die Haare aus dem Gesicht und entdeckte, als er an sich herunter sah, einige Brandspuren, Risse, geplatzte Nahten und eine Menge Dreck an seiner Kleidung. Die Kapuze war ihm vom Kopf gefallen, sie hing nur halb an der Jacke und fiel fast herab, als der Nomor anfing langsam zu ächzen:

„Warum bist du mir gefolgt?"

Tris drehte sich langsam um und antwortete seltsamer Weise nicht direkt.

„Er ist nur bewusstlos", sie deutete rücklings auf den hinter ihr liegenden Shay, der sich nicht mehr bewegte.

„Aber zu deiner Frage... ich war einfach neugierig, was ein Mann mit Kapuze, einem Schwert auf dem Rücken um halb Elf nachts zu tun hat. Einer, der nebenbei noch meine Tür eingetreten hat."

Darauf wusste Edward nichts zu antworten. Er schwieg und wand sich Shay zu, den er versuchte, sich auf den Rücken zu heben. Ein bisschen unkorrekt gelang es ihm, er zog ihn sich über die Schulter und trug ihn mit sich die Treppe hinab.

Zeit, der Fürstin von den Neuigkeiten zu erzählen.

Tris folgte ihm die ganze Zeit über, bei der Abholung seines Lohns, doch vor seiner Zimmertür blieb sie stehen.

Edward öffnete die Tür und Amerób trat hervor, verbeugte sich vor Tris und begrüßte Edward mit einer freundschaftlichen Umarmung.

„Amerób Blaublatt, das ist Tris Largeman, sie will uns auf unserer Reise nach Ublé begleiten.", stellte er die beiden einander vor und trat zurück. Die Beiden gaben sich die Hand, doch schenkten dem jeweils anderen keine große Beachtung, sie wendeten sich lieber einzeln an Edward.

„Wann brechen wir auf, Edward?", stellte schließlich Tris die Frage, auf die er gewartet hatte.

„Sofort. Sobald ihr fertig seid, können wir ein paar Pferde kaufen und weg hier."

„Pferde?", fragte Tris verwundert. „Du hast doch den *Dreg`erminus.*"

Amerób und Edward konnten damit genauso wenig anfangen, wie mit einer Gabel, also machten sie ein so unwissendes Gesicht, dass man denken könnte, sie hätten eine Krankheit.

„Was für'n Ding?"

Die Zauberin seufzte und nahm Edwards Hand.

„Das hier, ihr Trottel!"

In der Hand steckte immer noch der blaue Splitter der komischen Kugel, doch auch damit konnten die Männer Nichts anfangen.

„Und wie soll uns ein Stückchen Glas dabei helfen, nach Ublé zu kommen?", fragte Amerób schließlich verwirrt.

Wieder seufzte die Zauberin, sie kramte ein Stück Papier aus ihrer Tasche und hielte es Edward vor die Nase.

„Hier, lies das vor!"

„*Opne l'Dreg`erminus.* Ja und?", sagte Edward gelangweilt, doch augenblicklich fing die Formel an Wirkung zu zeigen. Edwards Augen drehten sich nach hinten und fingen an zu leuchten, ebenso wie seine Handfläche. Eine unglaublich helle Energie fing an aus dem Splitter der Kugel zu quellen und verteilte sich in der Luft. Es fügte sich langsam zusammen und das Wesen reckte den Kopf in die Luft, fing an zu brüllen und zu schnauben. Seine blaugrünen Schuppen glänzten im Morgenlicht und es schlug mit den riesigen Flügeln. Edward fand langsam die Kontrolle über seinen Körper zurück und fiel stöhnend zu Boden. Der Drache reckte den Kopf in die Luft und stieß ein Meer aus Flammen aus seinem Rachen aus.

Edwards blutverschmierte Gesichtszüge wurden im hellen Licht der Flammen erleuchtet. Voller Stolz reckte Tris den Kopf hoch und neigte sich erwartungsvoll zu Edward.

„Was hast du getan?!", blaffte dieser jedoch nur, sein Schwert ziehend. Er wollte dem ein für alle Mal ein Ende bereite, doch Tris hielt ihn zurück.

„Nein! Du darfst es nicht töten. Es wird uns nach Ublé bringen."
Sie hielt ihre Hand vor ihn und versperrte ihm den Weg zum Drachen. Er hatte sich beruhigt, den Kopf weg gedreht, rollte der Drache sich zusammen und legte die großen, rubinroten Flügel an seine Beine an. Seine Schuppen glänzten im trüben Mondlicht, er sah wunderschön aus, wie aus tausenden Edelsteinen.

Edward ließ sich besänftigen, schob das Schwert zurück in die Scheide und sah Amerób fragend an.

„Was sagst du dazu?", fragte er plötzlich ruhiger und besser gelaunt, den bisher schweigsamen Elfen.

„Naja, wäre das denn sicher, wenn wir mit so einem... Drachen... fliegen würden?"

„Aber auf jeden Fall. Und dazu dreimal so schnell wie ein Pferd!", kam, wie aus der Pistole geschossen, die Antwort Tris Largemans. Sie wollte anscheinend unbedingt ihr Fortbewegungsmittel nutzen, auf das sie so stolz war.

Edward überlegte. Seit seinem damaligen, verlorenen Kampf gegen eine dieser Bestien verabscheute er Drachen und wollte sie am liebsten alle ausrotten. Andererseits schafften sie es vielleicht nur so rechtzeitig nach Ublé und ihr kleiner Überraschungsbesuch in Dorein, bei Siegfried Riefenstahl, würde ein bisschen mehr Feuer haben.

„Also schön", entschied er sich und machte sich daran, sich auf den Drachen zu setzten. Hinter ihm folgten Tris und Amerób, die sich sichtlich freuten, auf dem Drachen fliegen zu können.

„Arer la os`td Dreg!", brüllte die Zauberin fröhlich und das magische Wesen, mit der Haut, die Edelsteinen gleicht, begann sich in die Luft zu heben und mit den Flügeln zu schlagen, hob ab und flog langsam und geschmeidig in Richtung Westen, ins Kriegsland.

Am Horizont legten sich schon die ersten Sonnenstrahlen, als Edward, Tris und Amerób über Dorien ankamen. Wenn man so von oben herab auf die Stadt sah, schimmerten die Dächer der einzelnen Häuser wie ein Haufen Münzen in einer Schatztruhe. Es war der Morgen des 1. Dezembers, ein verhältnismäßig warmer Morgen für den Winteranfang. Der Drache ließ sich fallen, ein angenehmes Gefühl zog sich durch Edwards Körper, der Drache ging in den Sturzflug über und ließ Edwards Haare nach hinten wehen.

„Wo ist denn jetzt diese Villa?", schrie Tris über das Heulen des Windes hinweg.

Edward sah sich um, entdeckte ein paar Bauernhäuser, eine große Kirche und das prächtige weiße Rathaus, das wie ein Diamant funkelte.

Es war groß und eindrucksvoll, das perfekte Sahnehäubchen für die wunderschöne Hauptstadt Strecorms. Auf einem Berg, am Rande der Stadt entdeckte er ein großes helles Haus aus Marmor. Es fiel in der Landschaft kaum auf, denn die Berge und Tannen in der umliegenden Gegend waren schon von weißem Schnee bedeckt. Das musste die Villa sein.

Die anderen hatten es anscheinend auch bemerkt, denn Amerób schlug vor auf einem der benachbarten Berge zu landen, der zur Spitze hin eher stumpf zulief und somit eine schöne Landefläche zum Ausruhen für den Drachen bot, dass Rotdrachenweibchen, dass sie Lara getauft hatten. Sie folgten dem Vorschlag und steuerten Lara auf die Bergspitze zu, hielten sich dabei stets im Schatten der Wolken, um unauffällig und geheim zu bleiben.

Edward rückte seine schwarze Hartlederrüstung zurecht, zog sich die Kapuze tief ins Gesicht und sprang ab.

Er landete weich im tiefen Schnee, der den Berg wie eine Decke in einen weißen Traum einhüllte.

„Hier nimm das", sagte, still hinter ihm gelandet, Amerób, der ihm einen Pelzmantel mit dickem Fell am Kragen hinhielt. Edward schnappte ihn sich und streifte ihn geschickt über, so, dass er problemlos nach dem Schwertgriff greifen konnte, wenn es nötig wäre.

Hinter ihnen kam auch noch Tris durch den Schnee gestapft, die Lara noch auf einem Hügel gelandet hatte.

„Ganz schön kalt hier, findet ihr nicht?", gab sie frech zum Besten und klapperte, sich die Arme reibend, mit den Zähnen.

Ihr Atem drang wie dichter Nebel, trüb und silbrig, aus ihrem Mund und zog sich rauchig durch die Luft.

Sie schlichen, fast wie unsichtbar, durch den hohen Schnee. Die Mäntel waren größtenteils weiß oder beige, sodass sie in diesem Gelände perfekt getarnt waren.

„Ich sehe die Villa", lies sich auf einmal, nach langer Stille, Ameróbs Stimme vernehmen.

„Da vorne rechts neben der Fichte steht ein großer Balken aus Eichenholz, untypisch für Berglandschaften. Es könnte wohl einer der Träger der Villa Siegfrieds sein."

Ein weiteres Mal machte sich die gute Pflanzenkunde und das fotografische Gedächtnis des Elfen bezahlt.

Bei genauerem Hinsehen ließ sich sogar ein großer, heller Marmorblock hinter dem Schnee erkennen, der in die Wand, neben den Pfeiler, eingemauert worden war.

Er war neben dem ganzen Schnee ziemlich unauffällig, ein weiteres weißes Fleckchen im großen Meer aus weiß.

Sie hielten sich im Verborgenen, schlichen links an der Villa entlang, im Schnee versteckt spähten sie ein paar Fenster aus, durch die Licht nach draußen schien.

Siegfried war also zu Hause.

Die Fenster befanden sich ungefähr drei Meter über ihnen, weshalb sich Edward entschied, auf eine der nahe gelegenen Festungen zu klettern, um einen Blick durch eines der Fenster werfen zu können.

Die Fichte war nicht glatt, er fand guten Halt und stemmte sich mühelos auf die gebrauchte Höhe zu. Ihm stieg ein wohltuender Geruch von Holz und Harz in die Nase, einer, der wohl von seinen Händen kommen musste, die vor Harz nur so klebten. Doch das war ihm egal, er kletterte weiter und fand schließlich seinen Blick durch das Fenster.

Und dort saß der falsche Zöllner, der Anführer der Meuchelmörder, die seine Rasse auslöschten. Er saß dort, friedlich auf einem Sofa aus Leder, ein Glas Rotwein in der einen, ein Buch in der anderen Hand und las.

Edward verspürte kurz eine Art Hass auf den Mann, der sich jedoch gleich wieder verflüchtigte. Er stieg vom Baum und die Drei begannen kurz zu flüstern, ehe sich Edward wieder auf den Baum schwang und eine viel größere Höhe anstrebte.

Er kletterte auf eine Höhe von circa zehn Metern, dort, wo die Äste kaum noch hielten und sah auf das Haus herab. Es hatte ein flaches Holzdach aus Akazienrinde, wie gemacht für sein Vorhaben. Ungefähr zwei Meter unter seinen Füßen machte er eine abgesackte Stelle in der Rinde aus, auf die es wohl sehr viel geregnet hatte.

Er visierte die Stelle an, lauschte und hörte ein dumpfes Klopfen an die Haustür Siegfried Riefenstahls.

Siegfried öffnete die Tür und davor standen ein in Pelzmantel und grünes Wams gekleideter Elf und eine rothaarige, junge Frau.

„Guten Morgen, der Herr. Wettervorhersagen haben ergeben, dass es diesen Winter extrem kalt werden soll. Die nördlichen Druiden empfehlen einen Kälteschutzzauber", sagte Tris konzentriert und gut gestellt.

Siegfried raufte sich denn Bart und machte ein verwirrtes, abweisendes Gesicht.

„Na, und?", fragte er genervt.

Ruhig, so tuend, als hätte er die eigentliche Beleidigung überhört, ließ Amerób seine ruhige Stimme auf den Mann einwirken.

„Wir, verehrter Herr, sind hier um diesen Zauber zu wirken."; antwortete er.

Draußen fing es langsam an zu stürmen, der Schnee wehte durch die Bäume und bestäubte die Bäume und Steine erneut. Siegfried spähte hinter den Beiden durch und verzog komisch das Gesicht.

„Kommen sie doch erst einmal herein", sagte er, auf einmal viel freundlicher. Er öffnete die Tür ganz, lies Tris und Amerób in die Villa eintreten. Sie war ordentlich und aufgeräumt, die Deckenbalken waren sichtbar, jedoch aus schöner, heller Birke. An den Wänden hingen Fackeln, die den Raum in schimmerndes, wohliges Licht hüllten.

Ein leckerer Duft nach Keksen und Wolle stieg ihnen in die Nase und sie bemerkten, dass es in so einem Haus keinen Kälteschutzzauber brauchte.

„Wir fangen am besten im Badezimmer an, dort entfaltet sich die Wirkung am schnellsten", log Tris.

Sie klopfte unauffällig drei Mal gegen die Decke, sah sich zu Siegfried um und atmete erleichtert auf, denn er hatte es nicht bemerkt.

Amerób war ihm schon ins Badezimmer gefolgt, Tris schloss nun auch zu ihnen auf und bemerkte in dem kleinen Zimmer eine kleine Absenkung in der Decke und trat einen Schritt zurück. Alles war still, schwer zu sagen, ob Siegfried schon skeptisch geworden war, doch da war es schon zu spät.

Mit einem tosenden Krachen stürzte die Decke ein, eine riesige Ladung Schnee fiel zusammen mit einem schwarz-rot gekleideten Mann ins Haus. Er zog ein weiß glänzendes Schwert und drehte sich mit einer Finte zu Siegfried hin, ihm das Schwert unters Kinn haltend. „N´ Abend, Mr. Riefenstahl.", sagte Edward.

Siegfried begann nervös zu zucken, die Adern auf seiner Stirn traten vor Wut hervor. Wahrscheinlich wäre er Edward sofort an die Kehle gesprungen, hätte er nicht die Spitze eines Schwertes aus biegsamem Stahl an der Kehle. Er hob langsam die Hände und versuchte einen Satz aus den zitternden Lippen hervor zu pressen.

„Wer, zum Teufel, seid Ihr denn jetzt?", stotterte er nervös, er konnte seinen Blick nicht von den böse funkelnden Augen Edwards lassen, der sich mit einem schnellen Tritt nach hinten schwang und sich in eine verspottende Haltung warf. Er verbeugte sich tief und lächelte Siegfried lächelnd an, lies sich die Spitze des Schwertes jedoch keinen Zentimeter verschieben.

„Gestatten, Edward aus Omion persönlich. Falls sie sich nicht erinnern, der Kerl, den sie umbringen lassen wollten. Keine gute Entscheidung, wohlgemerkt...", sagte er laut, er lächelte immer noch, ein fast irres Grinsen breitete sich über sein Gesicht aus.

„...Aber darauf kommen wir später zurück. Haben sie vielleicht eine Tasse Tee? Wir sollten uns setzen, da draußen ist es wirklich bitterkalt."

Was ist denn mit dem los? Siegfried dachte nach, sichtlich verwirrt, gehorchte jedoch, setzte eine Kanne Tee auf und setzte sich an seinen Schreibtisch.

Darauf herrschte ein unsortiertes Durcheinander, eine bunte Mischung aus Verträgen, Briefen und Anordnungen der Inquisition. Er entdeckte den vor Wochen angekommenen Vertrag mit Christian von Paladien, in dem der Nomor zustimmte, dass Geheimnis um den anderen Homoren zu wahren.

Erschrocken blickte er hoch, beruhigte sich jedoch wieder, denn er meinte nicht bemerkt zu haben, wie Edward einen Blick auf die Papiere geworfen hatte.

Diesen Brief darf er auf keinen Fall lesen!

„Na gut", riss ihn die Stimme des Mannes vor ihm aus seinen Gedanken und er konzentrierte sich wieder.

„Kümmern wir uns ums Geschäftliche. Ach Tris, bring uns bitte den Tee, er scheint fertig zu sein..."

Erst jetzt bemerkte Siegfried, das durchdringende Pfeifen des Wasserkochers und den wärmenden Geruch des Früchtetees. Er begann zu staunen, als die, eben noch so nette, Zauberin den Tee, ohne ihn zu berühren, in zwei handliche, mit Rosen und weiteren Blumen bemalte, Tassen goss und ihn zu den beiden Männern schweben lies. Die Tassen landeten mit einem leisen und dumpfen *Plong* auf dem Holz des Schreibtisches.

„...Ich hätte gerne den Brief von Christian."

Scheiße dachte Siegfreid. *Er hat ihn doch gesehen.*

„Händigen sie ihn mir bitte aus?", fragte Edward nach einer kurzen Wartepause. Er hatte das Schwert inzwischen weggesteckt, an seinem Tee nippend sah er ihn einfach nur an.

Siegfried antwortete wieder nicht. Er starrte dem Mann vor ihm einfach nur in die Augen, in Gedanken darüber, dass diese ganze Situation einfach nur abstrakt war.

Der Mann, dem er vor einem Monat noch, als normalen Mann, auf einem Schiff nach Frue`rzén begegnet war, wurde für ihn zum Ziel, zum Mann, den er umbringen lassen wollte. Zu einem Nomoren. Dem zweiten Homoren, neben...Dracula.

Dieser Mann hatte drei der besten Attentäter der Welt ausgeschaltet, hatte herausgefunden wo er sich aufhielt und sich vorbereitet. Er war auf einem magischen Drachen zu ihm geflogen, hatte einen genauen Plan mithilfe eines Elfen und einer Zauberin ausgeheckt und saß ihm nun gegenüber.

Er ging seine Möglichkeiten vor dem geistigen Auge vorbeiziehen.

Ich habe keine Waffe, habe keine Kraft, bin alleine und sitze an einem Tisch, mit einer Tasse Tee in der Hand. Hinter mir ein Elf, der mir ein Messer an den Kopf hält, neben mir eine Zauberin, den Spruch schon auf den Lippen und vor mir ein Mann mit Reflexen, dreimal so schnell wie die meinen. Er würde mir schon in der Sekunde, in der ich die Tasse auf dem Tisch absetzte die Kehle durchschneiden.

Er hatte keine Möglichkeiten.

Wortlos schob er den Brief zu Edward und wendete den Blick ab.

Ich habe versagt.

Ebenfalls ohne jegliche Bemerkung öffnete Edward den Brief vor sich mit einer schnellen Bewegung des Daumens und des Mittelfingers und begann zu lesen.

Siegfried jedoch, stand auf, ging durch den Flur, zog sich eine Jacke an und verließ schweigend das Haus. Niemand folgte ihm, er konnte ungestört an die Klippe vor seinem Anwesen herantreten und noch einmal den frischen Geruch von Tannennadeln, Harz und Holz riechen, die Kälte auf der Haut spüren, die der Winter mit sich brachte. Er schmeckte die ersten Schneeflocken auf der Unterlippe, leckte sich über die spitzen Eckzähne, schloss die Augen und lies sich fallen.

Kapitel 5

Ihr sollt wissen, Siegfried, dass ich keinesfalls euer Feind sein werde.
Ich werde euch im Kampf gegen die Nomoren mit voller Seele
unterstützen.
Wir haben denselben Verbündeten, also lasst uns auch Verbündete
sein.
In dieser schweren Zeit des Krieges mit den Menschen, müssen wir
Vampire zusammen halten.
Ich habe seit meinem achten Lebensjahr, dass Geheimnis gut behütet.
Ich bin kein Nomor. Ich bin auf eurer Seite, denn Dracula ist wie ich.
Er ist nicht das, was er vorgibt zu sein.
Und deshalb vertraue ich ihm. Und dir Siegfried.
Wir sind Vampire, wir brauchen einander und das musst du verstehen.
Und als Zeichen des Vertrauens und als Zeichen meiner Treue
schwöre ich mit meiner Seele, dass Geheimnis des letzten Homoren zu
wahren.
Ich komme jedoch auch deiner Bitte nach und möchte, dass du
erfährst, warum ich wollte, dass Edward aus Omion stirbt.
Niemand weiß davon, aber es gibt einen Grund, warum die Homoren
damals ausgerottet wurden. Sie widersetzten sich dem Rat der
Nomoren.
Ein junger Mann, erst sechzehn Jahre alt, hat damals dafür gesorgt,
dass sie ausstarben.
Er hat sein eigenes Volk verraten, sie hintergangen und hinter ihrem
Rücken mit den Königen Pläne geschmiedet. Und als die Homoren
wegsahen, stach er zu und benutzte das Armèrk, leß'el Castlo. Doch
mit dem Entkommen eines der Kinder hatte er nicht gerechnet.

Mit dem Entkommen von Pietro aus Omion, dem Vater Edwards.
Nachdem er auf die Leichen seines Volkes hinab gesehen hatte, wand
er sich mit seiner Traurigkeit und seinem Frust an die Vampire, die
einzigen, die ihm Trost spendeten. Das Amulett jedoch überließ er den
Nomoren, während er den Thron der Vampire einnahm. Und heute
will er das Armèrk, leß'el Castlo zurück, um ein weiteres Volk
auszulöschen. Die Menschen.
Denn Dracula ist der letzte Homor.

Christian von Paladien,
an die Inquisition gegen Nomoren

Edward legte den Brief weg. Er hatte ihn nun schon zum dritten Mal
gelesen und musste erst einmal die vielen Informationen verarbeiten.
Dracula war der andere Homor.
Christian war ein Verräter.
Und von dem, was in den anderen Briefen auf Siegfrieds Schreibtisch
stand, wollte er gar nicht erst anfangen. Er betrachtete seine Hand, die
immer noch blau leuchtete. Das Leuchten war schön, es entspannte
ihn und half ihm beim Nachdenken. Edward musste planen, was sie
als nächstes tun würden.
Einem anderen Brief Christians hatte er entnommen, dass er einen
Boten mit dem Amulett los geschickt hatte, der es nach Transilan zu
Dracula bringen sollte.
Er hatte sich informiert, Bücher gelesen, Briefe geprüft und Tris um
Hilfe gebeten, um alles über dieses Amulett herauszufinden. Es konnte
wirklich ganze Völker auslöschen.
„Hey...", hörte er von der Tür aus, eine Stimme, die ihn aus seinen
Gedanken riss und ihn von seiner Hand wegsehen lies. Amerób trat in
den Raum.
Er sah wie immer ernst und ruhig aus, Edward wusste jedoch, dass er
sich Sorgen machte.
„Weißt du, Edward... Tris und ich haben uns gefragt, was wir als
nächstes tun. Also, Edward, was soll ich ihr sagen?"
Darauf wusste er keine Antwort.
Er ging noch einmal die neuen Informationen durch seinen Kopf
wandern, durchdachte die, sich neu eröffneten, Möglichkeiten.

Sie mussten nicht mehr nach Ublé, denn Christian hatte in einem der Briefe erwähnt, dass ein Läufer geflohen war.

Also, was würden sie tun?

Der Bote mit dem Amulett reiste nach Transilvanien, die Hauptstadt Transilans, die direkt an der Grenze im Lydian lag. Er musste den Boten erwischen, bevor er dort ankommen konnte. Das war sein neues Ziel.

„Sag ihr...", fing Edward an und klang gleich viel motivierter.

Er hatte ein neues Ziel!

„...sie soll sich bereit machen. Wir fliegen noch heute nach Transilan!"

Er musste unbedingt verhindern, dass die Menschen ermordet wurden.

Er musste den letzten seines Volkes aufhalten.

Dracula.

Das war seine neue Aufgabe.

Ameróbs Miene hellte sich auf, Edward meinte, ein Funkeln in seinen Augen gesehen zu haben.

„Ich gehe Lara bereit machen.", presste Ameròb, nicht gut darin, seine Freude zu unterdrücken heraus und ein Grinsen machte sich auf seinem Gesicht breit.

Er verließ den Raum, ohne die Tür zu schließen und überließ Edward wieder sich selbst.

Sich ebenfalls freuend, schnallte Edward die Eisenscheiben um, die er in der Waffenkammer Siegfrieds gefunden hatte. Sie waren dunkelgrün eingefärbt, ansonsten schwarz und passten wunderbar über die Lederrüstung, die ihm die Elf genäht hatte. Er zog die Handschuhe mit den Nieten an, prüfte die Festigkeit und dehnte seine Muskeln. Er führte ein paar schnelle Übungen aus und merkte erst jetzt, dass ihm die neue Rüstung besser passte. Sie war geschmeidig und strapazierfähig, hielt jedoch auch gut und schütze meisterhaft. Allgemein fühlte er sich darin sogar noch schneller, als sonst. *Perfekt* dachte er.

Schnell drehte er sich um, stützte sich auf der Lehne des Bettes ab und griff nach seinem Schwert. Er selbst hatte seinen Griff am vorherigen Tag verziert, ein paar störende Ecken geschliffen und mit Leder angenehmer gemacht. Er glänzte golden in der Scheide, die Eisenringe am Knauf schimmerten, wie der Schnee, den man sah, wenn man aus dem Fenster sah.

Edward drehte den Griff in der Hand und lies ihn ein bisschen
wirbeln.
Er hatte Tris seine Hülsen mit dem wertvollen Material anvertraut,
dass sonst die Klinge formte. Sie reinigte den Luporenstahl und wollte
ihn ein bisschen magisch verändern und das war auch gut so.
Denn er hatte schon lange eine Verbesserung seiner Ausrüstung
gebraucht.
Schwungvoll zog er sich die Scheide über die Schulter und atmete mit
einem Seufzer aus.
Er betrat den Flur des kleinen Gasthauses in Dorien, das sie sich
gemietet hatten, schaute auf die Gemälde, die an der Wand über der
Wendeltreppe hingen.
Eins davon zeigte einen einsamen Krieger am Rande einer Klippe, vor
ihm ein Drache mit aufgerissenem Maul.
Der Homor schmunzelte und stieg die Treppe hinab, öffnete die vor
ihm liegende Tür und verließ das Gebäude, ging hinaus in die weiße
Kälte, die frische Luft der Berge, seine neue Aufgabe.

„Hey, Edward.", begrüßte ihn Tris lächelnd. Sie streichelte grade Lara
über die schuppige Haut, sie hatte die braune Decke schon
ausgebreitet, die sie als Sattel benutzten.
Ein frischer Wind pustete Edwards Haare nach hinten und lies seine
Augen ein wenig tränen. Er rieb sich die Augen, beobachtete einen
schwarzen Greifvogel, der über dem Berg, in der Luft schwebte.
Majestätisch segelte er über die Berge, die Bäume und den Schnee,
stürzte sich hinab und flog wieder aufwärts.
Um die Villa kreisend, beobachtete er die Drei und den Drachen, aus
seinen stechenden Augen heraus.
Der Elf setzte sich auf die braune Decke und nahm ein großes Seil zur
Hand, das um den Hals des Drachens gebunden war. Er trug ein
dunkelgrünes Wams, geschmückt mit braunen Manschetten und einem
kurzen, dunklen Cape.
Auf dem Kopf ein goldenes Diadem, das Symbol der Elfen, ihr
Markenzeichen.
Links von ihm stand eine Frau, an den Drachen angelehnt, in ein
feuerrotes Kleid gehüllt und unterhielt sich mit dem Mann vor ihm.
Ein Krieger, er trug ein Schwert auf dem Rücken, hatte eine Rüstung
an, machte einen ernsten Gesichtsausdruck und prüfte ständig, ob sein
Schwert richtig saß.

Der Vogel wendete den Blick ab und lies sich ein weiteres Mal fallen. Er zischte, vorbei an einer großen Stadt, die von der Sonne bestrahlt wurde, weiter gen Osten.

„...Die sind für dich.", sagte Tris und drückte Edward drei Röhrchen in die Hand.

Durch das Glas, sah er ein gelbes Leuchten, eine komische, halbflüssige Masse, die sich zwischen dem silbernen Stahl hindurch bewegte.

„Was ist das?", fragte er, ohne jeden Ausdruck in der Stimme. Er zog sich ebenfalls auf den Rücken Laras und setzte sich vor den Elf.

„Nur so ein magisches Elixier, du wirst überrascht sein, was es bewirken kann. Aber nicht jetzt, so wie es mir Amerób gesagt hat, haben wir keine Zeit zu verlieren. He! Mach mal ein bisschen Platz da, Amer!"

Tris schob den Elf unsanft beiseite, hockte sich zu den anderen beiden auf die Decke und hielt sich an einem der Riemen fest, die Amerób befestigt hatte.

„Für dich", sagte der, wie immer ruhige, Mann hinter Edward und reichte ihm die Zügel.

„Du fliegst."

Edward setzte sich im Sattel zurecht, streichelte noch einmal über die Schuppen des Drachenweibchens und lies die Zügel schnalzen.

Lara schnaubte kurz, aus den Nüstern stieg Rauch empor, sie freute sich, dass sie wieder fliegen durfte. Edward betrachtete das zitternde Leuchten in seiner Hand, umschloss damit das Seil und lies sich von dem Drachen in die Luft reißen.

„Feuer!", brüllte John Zweiklotz, der Leutnant der vierten Legion von Strecorm seinen Bogenschützen entgegen. Sie spannten den Bogen hielten die Luft an und schossen die nächste Wolke an Pfeilen auf die vorrückenden Vampire ab.

John strich sich mit der Handfläche den Schweiß vom Gesicht, legte die Stirn in Falten und schrie seinen ersten Offizier an:

„Das kann doch nicht wahr sein! Wie können die denn trotzdem vorrücken, obwohl wir immer treffen?! Hä?! Sag's mir Eredil!"

Die Elf antwortete mit panischer Stimme, versuchte den Lärm der Schlacht zu übertönen, was ihm nicht sonderlich gut gelang.

„Ich weiß es selbst nicht! Es sind einfach zu viele! Wir brauchen die Reiter!"

Hinter ihm bauten sich ein Dutzend Ritter, darunter drei Frauen, auf ihren Pferden auf.

„Wir werden sie bezwingen, Herr.", versicherte ihr Anführer, ein älterer Ritter mit einem Löwen auf der Brust.

„Auf in den Krieg!"

Und sie ritten los, in die Horden der Vampire hinein und schlugen ohne Erbarmen zu. Sie kämpften, bis ihre Pferde am Boden lagen und selbst da, gaben sie nicht auf.

Sie hielten die Vampire auf, schlugen, hieben und traten auf alles ein, was ihnen gefährlich werden konnte, doch es waren zu viele. Zu viele bewaffnete Feinde drangen auf sie ein, das getrocknete Blut auf ihren Rüstungen wurde von frischem überzogen, dem der Feinde und ihrem eigenen. Krieger fielen, sie wurden immer weniger und wurden in die Ecke gedrängt, umzingelt und zerstreut.

Am Ende waren nur noch der Anführer und eine die Frauen über, sie war nun einarmig, doch sie war Rechtshänder und blieb standhaft bis zum Ende.

„Gut gekämpft, Gia.", sagte der ältere Mann und lies sein Schwert fallen.

Gia tat es ihm gleich und antwortete:

„Bis gleich, in der Hölle, Arthur."

Der Mann wurde von den Vampiren angefallen, wie ein Knochen von Hunden, Gia fiel zu Boden und starrte nur noch in den Himmel.

Sie hatten mehr als dreißig der Feinde ermordet.

„Schau, ein Drache."

„Ein Drache! Ein Drache!", ertönten die ersten Rufe der in Panik versetzten Soldaten, die dabei waren, die Schlacht am Lydian zu verlieren.

Draculas Armeen hatten sie bis zum Fluss Lerche zurück gedrängt und nun gab es kein Entkommen mehr. Sie mussten kämpfen. Oder gerettet werden.

„Er fliegt zum Feind! Er fliegt zu den Vampiren! Jawohl!"

„Das sieht nicht gut aus Lord von Paladien.", sprach leise Sergeant Eric, der Heerführer Draculas zu seinem Gebieter. Er verneigte sich im Stillen, ignorierte völlig das Getümmel der Schlacht um sie herum. Der Mann vor ihm trug einen schwarzen Umhang mit weitem Kragen und beobachtete mit seiner vollen Konzentration und Faszination das Wesen am Himmel.

„Tötet es.", befahl er kalt und drehte sich zu seinem Untergebenen um.

„Worauf wartet ihr denn, Eric?"

Die Gesichtszüge von Christian von Paladien waren hart und ernst, er befahl einfach so den Mord an einer vom Aussterben bedrohten Art. Er zeigte protzig seine, mit Federn geschmückte, blau glänzende Rüstung aus Kristall, die er sich schmieden lassen hatte.

„Ich muss noch einmal nach Transilvanien. Bitte, sattelt mein Pferd."

Ein böses Grinsen machte sich auf seinem Gesicht breit und er ging, ohne ein weiteres Wort, an Eric vorbei aus dem Zelt.

Die Schlacht war fast gewonnen, doch die Kämpfe setzten für eine kurze Zeit völlig aus, denn jeder fragte sich, was es mit dem, über dem Schlachtfeld kreisenden Drachen auf sich hatte.

„Ihr habt den Lord gehört, Männer! Schießt es ab!", brüllte der Anführer Draculas Armee unsicher, sich nicht dessen bewusst, was passieren würde.

Die Bogenschützen hörten aufs Wort und zogen die Sehnen ihrer Bögen zurück. Sie bleckten die Zähne, sahen den Admiral an und hielten die Luft an.

Dann ließen sie los und die Pfeile sausten durch die Luft, pfiffen durch den schwarzen Nachthimmel und bohrten sich in den Panzer des fliegenden Wesens, das dort am Himmel schwebte.

Mit einem ohrenbetäubenden Schrei des Drachens, stürzte er hinunter, fiel einfach und klatschte auf dem Boden auf.

Doch es bildete sich keine Blutlache. Nichts bildete sich.

Der Drache verschwand einfach.

Tris lachte sich ins Fäustchen, wie ein Kind, dass heimlich einen Apfel auf des Nachbars Grundstück geworfen hatte.

„Und, meine Illusionen sind doch einfach die Besten oder?"

Keiner Antwortete, die beiden Männer schmunzelten einfach nur, doch es stimmte. Die Ablenkung war schon perfekt gewesen, denn sie hatten es ohne weiteren Zwischenfall über die Schlacht hinweg geschafft.

„Da unten.", sagte auf einmal Edward, der bis jetzt eher schweigsam war.

Er hatte einen einsamen Reiter entdeckt, der über einen geheimen Feldweg in Richtung des Waldes ritt. Er zog mit der rechten Hand an den Zügeln und lenkte Lara weiter nach unten. Der Mann trug einen schwarzen Umhang, ritt auf einem schwarzen Hengst. Das war er.

„Na gut, Edward. Mach dich bereit.", sagte Tris und berührte sanft seinen rechten Fuß. Eine ungeheure Energie durchströmte ihn, sein Fuß begann leicht zu zucken, er beruhigte sich jedoch wieder. Er drückte Amerób die Zügel in die Hand, lies ihn fliegen und sprang ab.

„Fliegt nach Transilvanien!", brüllte er im Flug, bevor seine Mundwinkel zusammen gedrückt wurden.

Der freie Fall fühlte sich großartig an, er gab ihm das Gefühl von Freiheit, der Wind, der ihm durchs Haar wehte ließ seine Kapuze nach hinten fliegen und riss an seiner Kleidung. Er atmete tief ein, widersetzte sich dem Druck, der ihm auf den Ohren lag und beobachtete das Schlachtfeld.

Auf der einen Seite standen die, von der Infanterie beschützten, Zelte der Vampire, auf der anderen die Holzbauten der Menschen und Elfen, die krampfhaft versuchten die Belagerung noch aufzuhalten. Einige der kleinen, Deckung bietenden Stände hatten Feuer gefangen, manche brannten schon lichterloh. Das Schlachtfeld zwischen den Fronten war blutgetränkt, mit Leichen überseht, und der Kampf war noch nicht zu Ende. Mit der Wildheit eines Bären schlugen die letzten Ritter der Menschen auf die Vampire ein, stolz das Schwert schwingend fielen sie und kämpften Mut erfüllt für ihr Land. Die Bogenschützen verschossen mit aller Kraft letzte Pfeile, zerbrochen berstend und ohne Spitze, doch sie verschossen sie und gaben nicht auf.

Die Feinde drangen weiter vor, metzelten und mordeten für ihren Herrscher, es waren einfach zu viele, die Menschen konnten nicht gewinnen.

Edward wendete den Blick ab, sah nach unten, er war im Begriff, vor dem Reiter auf den Boden zu prallen. Er drehte sich in der Luft, richtete seine Füße in Richtung des Bodens und zog seinen Schwertgriff aus der Scheide.
Binnen Sekunden öffnete sich das kleine Röhrchen, an Edwards Unterarm, lies die silberne, mit golden glühender Flüssigkeit versetzte, Masse aus dem Glas treten, die sich sofort vor dem Griff zur Klinge formte.

Sie blitzte auf, lies die Nacht platzten wie einen Ball und zerschnitt die Luft, als wäre sie aus Pergament.
Ein schmerzender Ruck zog sich durch Edwards ganzen Körper und biss in seine Sehnen, doch der Zauber, den Tris gewirkt hatte hielt und er landete, ohne weitere Schäden auf dem Boden. Die Klinge in der Hand, prüfte er nach, ob seine Ausrüstung nicht beschädigt war und stand auf. Sie war nicht beschädigt.
Er drehte sich um, sah nach, wo der Reiter war.
Er war näher als erwartet.
Er war direkt vor ihm.
Edward sprang schnell zur Seite, lies das schwarze Pferd an sich vorbei ziehen und landete auf dem Boden.
Instinktiv rollte er sich auf den Rücken und fasste nach dem Band an seinem Handgelenk.
Er zog es nach hinten und lies das geschärfte Geschoss auf das Pferd zuschießen.
Es traf ins rechte Bein, das Pferd wieherte laut vor Schmerz und stürzte zu Boden.
Den Reiter nahm es mit, er stürzte rücklings aus dem Sattel, krachte mit einem entsetzlichen Knacken auf dem verbrannten Boden.
Sich die Brust haltend, versuchte er auf die Beine zu kommen, riss einen Dolch aus der kleinen Scheide, die er am rechten Oberschenkel trug und funkelte Edward voller Hass an.
„Warum, zum Henker, lebst du noch?!", brüllte er mit blitzenden Zähnen.
Sie standen sich, ungefähr 10 Meter zwischen ihnen, gegenüber, jeder bereit, sofort zuzuschlagen. Edward änderte seine Fußstellung, ging in Angriffsposition und wechselte das Schwert, von der rechten, in die linke Hand. Er strich sich die verschwitzten Haare aus den Augen und wartete darauf, dass Christian etwas tat.
Doch er tat nichts.

Also begann Edward den Kampf und machte damit den ersten Fehler dieser noch langen Nacht. Er richtete sich auf, rannte auf den Verräter vor ihm zu und versuchte mit der Schwertspitze, einen Streich über die Wade seines Gegners zu führen.

Es gelang ihm nicht, Christian war viel schneller, als er gedacht hatte, er parierte mit einem stählernen Armreifen und stieß den Dolch nach unten auf Edward hinab.

Er zerriss den Schulterpanzer und fügte Edward eine tiefe Schnittwunde zu.

Edward sprang zurück, schrie auf und beging den zweiten Fehler. Er verlagerte sein Gewicht nach hinten, wollte einen Konter fahren, doch Christian griff unerwartet von links an, rammte ihm die Faust ins Kreuz und trat mit dem Fuß nach.

Blut spritzte auf den Boden, Edward stürzte nach hinten und lies das Schwert zu Boden fallen.

Christian stand über ihm, den Dolch trug er in der rechten Hand.
Mit wutverzerrter Stimme schrie er Edward an:
„Dachtest du, du könntest mich überraschen? Du hättest schon lange tot sein müssen!"

Edward stützte sich auf den linken Arm und wischte sich mit dem rechten Ärmel das Blut von den Lippen. Ihm wurde schwindelig, er fing an, seine Beine nicht mehr zu spüren, seine Knochen waren wie Pudding. Keine Chance an sein Schwert heran zu kommen. Er hatte den Kampf verloren, das wusste er, also hörte er Christian weiter zu.

Er hatte sich beruhigt, legte die Stirn in Falten und sah sich um. Hinter ihm, waren die brennenden Belagerungstürme zu sehen, der Klang eines letzten Gegenangriffs zu hören, die Schreie der Soldaten, das Kreischen der Vampire, die sich mit Gebrüll auf die letzte Verteidigung der Menschen stürzten.

Der Geruch von Blut und Asche erfüllte die Nacht, am Himmel waren keine Sterne zu sehen, vom Rauch verdeckt, versuchte der Mond einen kleinen Blick auf die Welt, die verdorrte Erde, zu werfen.

Es gelang ihm nicht, nur das Feuer beleuchtete den grausamen Anblick der Schlacht des Lydians, die verlorene Schlacht.

Die Vampire hatten die Grenze überschritten, Edward erkannte, dass er es nicht hatte verhindern können. Er begann zu husten und hielt sich die Hand vor den Mund, er wollte hören, ob Christian vielleicht wertvolle Informationen von sich gab.

„...Ich habe leider keine Zeit mehr für dich, ich muss zu meinem Anführer reiten, also musst du dich wohl mit Söldnern, als deine Peiniger vergnügen. Tut mir wirklich leid.“

Christian seufzte, steckte den Dolch weg und gab den Blick auf zwei Männer frei.

Der eine war groß, dick und muskelbepackt, was das Zeug hielt. Auf dem Rücken trug er ein mörderisch aussehendes Beil, eine stumpfe Machete und eine Armbrust. Er hatte, trotz des Gewichts, nicht mal eine Miene verzogen, geschweige denn den Rücken gekrümmt. Seine vielen Narben traten schaurig hervor, als er sich aufbaute und tief Schnaufte, wobei es eher ein Grunzen war, als ein menschlicher Atemzug.

Der andere führte ein neues Pferd herbei, das genau so aussah, wie das, das am Boden lag, das Geschoss Edwards im Bein.

Der Mann war knorrig und dünn, er hatte eine Art Brille auf dem Kopf, nur, dass sie golden war, und wie ein Trichter hervortrat. Sie war komplett um seinen Kopf herum umgeschnallt, mit einer Platinplatte war der Mund verdeckt, der meiste Rest wurde von Lederriemen oder Ketten verdeckt.

Er trug einen langen Bogen über der Schulter, der genau so komisch konstruiert war.

Beide trugen dunkelbraun, bis schwarze, Anzüge, die bei dem größeren zu eng und bei dem kleineren zu weit waren.

Sie waren aus Leder, genau wie Edwards Klamotten, nur, dass unter seinen keine Waffen versteckt waren.

„Ihres, Herr.“, grunzte der Große zu Christian, der sich mit einem Nicken bedankte und das, ihm gebrachte, Pferd über die flauschige Mähne streichelte.

Er zog sich schwerfällig und unter letzter Kraft aufs Pferd.

Seine Hand zitterte, sah Edward durch seine, langsam zu klappenden Augen.

Selbst, wenn er gewollt hätte, wäre er nicht wach geblieben, er war zerschlagen, wie ein Müllsack, seine Knochen fühlten sich an, als hätte er sich alle gebrochen, seine Adern brannten und seine Muskeln gaben nach.

Er rutschte weg, fiel in die schwarze Erde und blieb reglos liegen.

Schwarz.

Vor seinen Augen war alles schwarz.

Er setzte sich auf, vor ihm saß Natalia und starrte ins Nichts.

„Nat?", fragte er langsam, denn er war sich nicht dessen bewusst, wo er war und ob das die echte Natalia war.

Keine Antwort.

Natalia starrte weiterhin, ohne jegliche Reaktion in die Schwärze.

Fast so, als gäbe es ihn gar nicht.

Edward drehte den Kopf, wollte nachschauen, auf was Natalia so starrte.

Dort stand Christian, er kniete vor Dracula und überreicht ihm etwas.

Schaurig lachend drehte sich der König der Vampire genau in ihre Richtung und hielt das violette Amulett hoch.

Er brüllte etwas Unverständliches und Edwards Kopf drehte sich, ohne dass er es wollte, wieder Natalia zu.

Neben ihr saßen auf einmal viel mehr Menschen.

Neben ihr James, rechts daneben Amerób, Tris, Liana Bolikin, Marie Karle.

Sie blicken flehend in Edwards Augen, doch er konnte sich nicht rühren.

Hinter ihnen war ein Abgrund, eine tiefe Klippe und sie saßen auf einer kippenden Bank.

Edward versuchte, sich mit aller Kraft loszureißen, doch vergebens, die Bank kippte vollkommen nach hinten.

Mit einem spitzen Schrei fiel er auf die Knie und bekam nur noch einen kleinen Blick von Natalias angsterfülltem Gesicht, bevor sie und alles um ihn herum wieder schwarz wurde.

Edward wachte auf.

Er war verschwitzt, in dem Bett, in dem er lag, war alles nass.

Der Raum, in dem das Bett stand, war komplett aus Holz, bis auf Blätter und Stöcke war der Raum komplett leer.

Keine Schränke, Kommoden oder Bilder schmückten den Raum.

Wo bin ich?

Er sah an sich hinunter, sein Arm war steif und komplett von einem weißen Verband umhüllt, er spürte sein Bein nicht mehr und sein nackter Oberkörper aufgeschürft.

Er hatte eine Platzwunde an der Lippe, sie blutete nicht mehr, er musste ziemlich lange geschlafen haben.

Edward setzte sich auf, ein ziehender Schmerz stach durch seine Muskeln, sein rechtes Bein pochte auf einmal wie verrückt und begann zu kribbeln wie verrückt, er zuckte zusammen und versuchte sich wieder aus dem Sitzen in ein Liegen zu winden, als eine junge Frau ins Zimmer kam.

Sie öffnete eine Tür, in dem Holz versteckt, die Edward vorher nicht bemerkt hatte.

Sie trug ein grünes Kleid aus, vom Tau glänzendes Kleid, aus verschiedenen Blättern, der Rest ihrer Haut war leicht grünlich, ihre Augen glitzerten wie Smaragde, was zu ihren Haaren im Grünton passte.

Das war kein Mensch.

Und auch keine Elfe.

Vor ihm stand eine Lydiane.

Edward zuckte zusammen, unternahm jedoch keinen Fluchtversuch, was zum Teil an der Tatsache lag, dass er nicht aufstehen, geschweige denn gehen konnte.

Schweigend lächelte sie ihm zu und nahm einen Spiegel aus einer Schublade, die, ebenso wie die Tür, im Holz der Bäume versteckt war, eine, die Edwards, ebenso wie die Tür, nicht erkannt hätte. Sie hielt ihm den Spiegel hin, er sollte ihn nehmen und sich ansehen.

Edward tat es, er nahm ihr den Spiegel sanft und langsam aus der Hand und besah sich genau.

Eine lange Narbe zierte seine Brust, zog sich von der linken Schulter nach unten rechts, fast so lang, dass sie bis zum Bauch gereicht hätte. Seine Lippe war blutig und leicht mit Schorf bedeckt, sein Auge blau angelaufen und sein Arm, in dem Verband pochte heftig.

Er sah schlimm aus, war verletzt überall und stöhnte bei jeder Bewegung.

Die Lydiane nahm ihm den Spiegel aus der Hand, obwohl er noch nicht fertig damit war, sich seine Wunden anzusehen. Ihm fiel auf, dass der Spiegel von einem goldenen Reif geziert wurde, seltsam geformt standen davon zwei Reifen ab.

Er wusste nicht, wozu sie gut waren und er hatte auch keine Zeit darüber nachzudenken, denn die Frau reichte ihm einen langen Holzstab.

Ihre grünen Augen blitzten freundlich auf, sie zeigte Hilfsbereitschaft, obwohl sie noch kein Wort gesagt hatte.

Edward nahm den Stock entgegen, es war eine aus Eisen geschmiedete Halterung daran festgemacht, die es erleichterte sich darauf zu stützen.

Es war eine Krücke.

Er stemmte sich unter Schmerzen aus dem Bett und stützte seine Schulter auf den Stab.

Die Krücke half etwas, ohne wäre er vielleicht sofort auf den, ebenfalls wie die Decke, von Blättern bedeckten, Boden gefallen und hätte sich den Hals gebrochen.

Die Lydiane drehte sich um und wies ihn mit einer Handbewegung an, ihr zu folgen.

Edward wusste nicht, ob das eine so gute Idee war, doch er versuchte sein Gewicht weitgehend auf die Krücke zu verlagern, sodass er einigermaßen gehen konnte.

Er trat durch die geöffnete Tür hinaus ins helle Sonnenlicht, die Frau führte ihn durch einen bewucherten Gang, auf dessen beiden Seiten Blätter und Zweige hingen.

Die Decke war nicht bedeckt, Edward erkannte den freien Sonnenhimmel, zwischen den Baumkronen weit über seinem Kopf, sah er die Sonne aufblitzen.

Es war ungefähr Mittag.

In dem Gang, in den sie jetzt abbogen, war es etwas dunkler, nur noch ein Wenig des durch die Blätter fallenden Sonnenlichtes erhellte den Raum, doch die Lydiane fand den Weg, sie wohnte schließlich schon ihr ganzes Leben an diesem Ort.

Sie ließ Edward hinter sich, der sowieso schon Mühe fand ihr zu folgen und verschwand hinter einer Tür, die, genau wie alle Türen an diesem seltsamen Ort, in das Holz eines dicken Stammes eingebaut worden war.

Edward war neugierig, er öffnete die Tür erneut und blickte in einen großen Raum ohne Decke, mit einer Art großem Stuhl in der Mitte.

Ein Schwall warmer Sommerluft kam Edward entgegen und erfüllte seine Gesichtszüge wieder mit Wärme, nah hinter ihm hörte er eine leise Frauenstimme sagen: „Geh zum Thron, letzter deines Volkes."

Es war ein komisches Rauschen, das plötzlich alle seine Sinne wieder in Aktivität versetzte.

Er spürte die Sommerluft, die Pollen auf der Haut, roch die Frische des Wassers eines Flusses, das Harz der Bäume und schmeckte den widerlichen Geschmack, den man am Morgen eben im Mund hatte.

Er sah die grünen Farben der Blätter, den hellblauen, wolkenlosen Himmel, die Sonne, die gelb über dem Wald strahlte und hörte eben dass entfernte Rauschen, eine Mischung aus den Blättern, die im Wind wehten und dem Wasser des Flusses.

Seine geschärften Sinne setzten mit einem Mal wieder ein und Edward begann, wie aufs Geheiß, nachzudenken.

Er war, schwer verletzt, von den Waldfrauen aufgefunden worden, die ihn anscheinend in ihr Lager gebracht hatten und seine Wunden versorgten.

Wie sie die Söldner besiegt hatten, war ihm ein Rätsel, doch er kümmerte sich nicht weiter darum, er beschäftigte sich wieder mit dem beobachten der Umgebung.

Edward war von Bäumen und Blättern quasi umzingelt, er sah nichts, dass so war, wie er es in Erinnerung hatte, wie er ein Haus einschätzte. Keine Holzbretter, Dielen, keine Möbel, geschweige denn Lehm oder Stein.

Wieder hörte er die Frauenstimme die ihm sagte er solle vor den Thron treten, wahrscheinlich meinte sie den Stuhl aus Ranken, der die Mitte des Saales zierte.

Er konnte jedoch keine Person ausmachen, die gesprochen haben konnte, in dem Raum befand sich nur er, weshalb er skeptisch war und sich keinen Meter bewegte.

Er war gerade wieder auf die Beine gekommen, weshalb er nicht wieder direkt in eine neue Falle tappen wollte.

Die Stimme sagte ein drittes Mal dasselbe und da ihm nichts Anderes blieb, trat er auf den Thron zu.

Vorsichtig stellte er die Krücke vor sich und zog sich langsam auf den Stuhl zu.

Er bestand komplett aus Ranken, Wurzeln und Geäst, er ähnelte einem Vogelnest, das gutmütig von einer Vogelmutter für ihre Jungen gebaut worden war.

Hinter dem Stuhl hörte er auf einmal eine andere Stimme, auch eine Frau, die zu ihm sprach.

„Gut, dass du gekommen bist, ich muss dir die Wahrheit erzählen.", sagte sie und Edward ging weiter auf den Thron zu.
Die Wurzeln begannen sich langsam zu wickeln, als würden sie leben, drehten sie den Stuhl und gaben die Sicht auf eine, komplett grüne, Frau frei.
Sie trug ein kurzes Blätterkleid, ebenso wie die, die ihn aus dem Bett geholt hatte, jedoch, hatte sie ein grün gefärbtes Diadem aus Gold auf dem Kopf.
Ihre Augen glänzten genauso grün, wie die der anderen Frau, nur noch etwas mehr.
„Es gibt einen guten Grund, warum wir dich aus der Schlacht geholt haben.", sprach sie mit sanfter, freundlicher Stimme.
Sie saß auf dem Thron aus Ranken und Geäst, die Beine überschlagen und sah Edward erwartungsvoll an.
Er wusste nicht, wie sie hieß, die Königin der Lydianen, wie sie dort leibhaftig vor ihm saß.
Es gab Geschichten über sie, über ihre Frauen aus dem Wald, Geschichten über Überfälle, Entführungen von Wanderern und schwarze Magie, die sie benutzten.
Doch die Gerüchte interessierten Edward nicht. Genauso wenig, wie der Name der Königin.
„Welchen Grund?", fragte er, räusperte sich und deutete eine Verbeugung an, obwohl beide wussten, dass er es nicht konnte, nicht mit der Krücke.
„Also...", fuhr sie fort und bewegte ihre rechte Hand leicht nach oben.
Eine kleine Ranke wuchs aus der Erde hinauf und kurz darauf bildete sich daraus ein weiterer Stuhl, auf dem Edward Platz nahm.
Der Sitz fühlte sich weich und seltsamerweise stabil an, es entspannte ein bisschen Edwards Muskeln, dass er sich setzten konnte.
Die Königin schluckte nervös Speichel hinunter und schlug die Beine zur anderen Seite übereinander und fing langsam an alles zu erklären.
„...Alles was du über Dracula und die Geschichte der Nomoren weißt ist gelogen."

„Ja, das weiß ich selbst.", unterbrach Edward sie, zögernd und entsann sich dessen, was er in den Briefen von Christian an Siegfried Riefenstahl gelesen hatte.

Doch die Königin ließ ihn nicht mehr erklären, denn sie fiel ihm ins Wort und tat so, als hätte sie seinen Widerspruch überhaupt nicht gehört.

„Wir wissen von den Briefen an die Inquisition und auch davon, dass du davon weißt! Und auch diese Briefe sind allesamt gelogen. Man hat dich an der Nase herumgeführt, ausgetrickst und ausgeschaltet, so, dass du, der einzige, der sie noch hätte aufhalten können, aus dem Weg ist. Man hat dich aus dem Spiel genommen, Edward."

Edward schwieg, die Königin auch, lange und nachdenklich.

„Was ist die Wahrheit?", fragte Edward nach einiger Zeit zögernd. Er musste es wissen, musste verhindern, dass die Menschheit ausgelöscht werden würde, er brauchte endlich Antworten auf seine Fragen, die ihn seit der Tagung der Nomoren beschäftigten.

Die Miene der Frau vor ihm veränderte sich seltsam, sie wurde zu einem ernsten, Schlechtes verkündenden Gesicht.

Sie schluckte erneut und lehnte sich zu Edward hin.

Edward tat es ihr gleich und kam mit dem Ohr näher an ihre Lippen heran.

Sie flüsterte, leise, so, dass es niemand verstehen konnte außer Edward, der erschrocken zusammenzuckte.

„Ist das die Wahrheit?", hakte er ungläubig nach, doch sein letzter Rettungsversuch wurde von dem, sich schämenden, Blick der Frau abgewehrt.

„Wie kann ich ihn aufhalten?", stotterte Edward nach einiger Zeit der stille nervös, aber motiviert.

Er musste es zu Ende bringen.

Er hatte schon zu viel verloren, um sich jetzt damit abzufinden, dass er verloren hatte.

Wieder schwieg die Königin als Antwort, lies jedoch ihre Augen sprechen, drückte ihm einen grünen Stein in die Hand und ein seltsames Kribbeln erfüllte, auf einmal, Edwards Körper.

Sein Bein, sein Arm und seine anderen Wunden begannen zu heilen, in Sekundenschnelle wuchsen die zerschrammten Hautfetzen wieder zusammen und ließen die Wunden verschwinden.

Der Schmerz und die lähmende Taubheit ließen mit einem Mal nach und verließen seinen Körper, ließen geheilte Wunden und Narben zurück.

Edward stieß die Holzkrücke von sich und richtete sich auf, er fühlte sich großartig, stärker, schneller, wie neu.

Er richtete sich zu seiner vollen Größe auf, stellte sich vor die Königin und verbeugte sich ehrerbietig.

„Ich danke euch.", sagte er und verließ den Raum.

Der letzte Satz, den er von der Frau hörte war:

„Du musst kämpfen, letzter Homor."

Kapitel 6

Kai seufzte.

Er hatte heute schon früh Feierabend gemacht, seine kleine, am Rand des Dorfes liegende, Kneipe zugemacht und sich auf den Weg nach Hause gemacht.

Er lief den unbekannten Schleichweg entlang, den er immer benutzte und der direkt, von seiner Kneipe aus, auf die Straße nach Dorien führte.

Aber was ihm viel wichtiger war, war, dass der Weg ihn sicher und unbemerkt, auf genauem Pfad zu seinem Haus, einer schmächtigen, reetgedeckten Fachwerkhütte, führte.

Hinter dem Gastronomen verglühten langsam die Lichter der Lampen, die die Hauptstraße zierten, er ließ sie gern hinter sich und verschwand in der Dunkelheit.

Doch dieses Mal war er nicht allein.

Eine, in einen braunen Mantel gehüllte Gestalt kam ihm entgegen.

Sie ging nicht, sie schlich eher, leise wie eine Maus, durch die Schwärze der Nacht, Kai hätte sie fast übersehen, hätte sie nicht gegrüßt.

Sie sprach mit rauer Männerstimme, ein langes Objekt war auf ihrem Rücken befestigt, was sie wie einen Krieger aussehen ließ.

„Ein schöner Abend, nicht wahr, mein Herr?", antwortete Kai freundlich, er versuchte nicht verängstigt zu klingen, doch er sprach ein kleines Bisschen zu hoch, als wäre er ein mutiger Geselle.

„Nein.", antwortete der Mann kalt, ohne jegliches Gefühl in der Stimme.

Kai drehte sich zu ihm um, schon gar nicht mehr so mutig, doch der Mann war nicht mehr da.

Edward war den ganzen nächsten Morgen durch den Wald gewandert. Nachdem er das kleine Dorf verlassen hatte war er weiter auf dem Weg nach Transilvanien gelaufen und nun fast da.
Er sah schon die Klippe vor sich, die den Abhang zu Transilvanien markierte.
Sie ragte steil über dem Tal empor, um sie herum waren ein paar Bäume vom Wind umgekippt worden, sie hingen nur noch an den Wurzeln, lagen verstreut am Wegrand und bildeten wunderbare Verstecke für unerwünschte Spione und Staatsfeinde, wie ihn.
Er streifte sich die Kapuze vom Kopf, gab seine langen Haare und den, mittlerweile wieder gewachsenen Bart frei.
Er spürte den leichten Hauch des Windes auf der Haut, langsam trat er näher an die Klippe heran.
Er hatte keine Wächter entdeckt, die hätte er schon vor zehn Minuten bemerkt, wären sie anwesend. Er legte seinen Mantel ab, seine rot-schwarzer Harnisch glänzte in der Morgensonne, die Kapuze wehte im Wind.
Er prüfte, rein aus Gewohnheit, ob sein Schwert richtig auf dem Rücken saß, lies es kurz aus der Scheide fahren und erfreute sich an den goldenen Glanz.
Er ließ es wieder zurück gleiten, zog die Lederriemen seines Brustpanzers zu und fuhr mit seinem Blick über die vor ihm liegende Stadt.
Transilvanien war das genaue Gegenteil des sonnigen Morgens im Wald.
Die Häuser waren schwarz oder dunkelbraun, abgesackt, verrottet und zerstört.
In der Mitte des trostlosen Kaffs stand ein großer schwarzer Turm mit vier spitzten Dachzinnen, die einen, in der Mitte hängenden, holen Kristall schützten.
Edward strich sich die Haare aus dem Gesicht, trat einen Schritt nach vorne und sprang mit einem flüssigen Schwung von der Klippe.
Er fühlte wieder das angenehme Gefühl der Schwerelosigkeit, als er auf das unter ihm liegende Wasserbecken zuraste.

Es spritzte kaum, als er in das kalte Wasser eintauchte, auf seinen Armen bildete sich augenblicklich eine Gänsehaut, er drehte sich, genoss die Schwerelosigkeit unter Wasser und tauchte, laut nach Luft schnappend, zwischen den dicken Eisschichten auf.

Er hatte sich ein kleines Feuer angezündet, um sich nach dem Sturz ins Eiswasser aufzuwärmen.

Er saß daneben, auf einem umgestürzten Holzstamm und rieb sich die Brust, um sich wieder aufzuwärmen. Seine Kleider waren schon lange getrocknet, doch er fror immer noch, als hätte er sich komplett nackt in den Schnee gestürzt.

Ständig musste Edward seine Haare näher ans Feuer halten, da sie immer wieder anfingen zu gefrieren.

Irgendwann wurde ihm jedoch wärmer, der Nachmittag war angebrochen und auf dem kleinen Tümpel, in den er gesprungen war, glänzte der wunderbar orangene Farbschein der Sonne.

Er befand sich genau im toten Winkel zwischen Transilvanien und der Bergklippe, was es ihm ermöglichte, ungestört seine nächsten Schritte zu planen und die gefangenen Forellen zu verspeisen.

Schon der dritte briet über dem Feuer, Edward war hungrig, er drehte den Stock, an dem er den Fisch festgemacht hatte und leckte sich schon die Lippen, die ersten beiden hatten extrem gut geschmeckt, wobei jemand, der seit Tagen nichts gegessen hatte, so etwas wohl über alles Essbare sagen würde.

Er hatte die Brustplatte und das Schwert abgelegt, die Handschuhe abgestreift und saß in braunem Wams und schwarzer Hose an dem Feuer, das ihn nicht wärmen wollte.

Obwohl er wusste, dass der Bote, der das Amulett nach Transilvanien bringen sollte, erst in ein paar Tagen ankommen dürfte, wollte er schon am heutigen Tage in die Hauptstadt schleichen und sich einen Eindruck davon machen, wie er es am besten anstellte die Übergabe zu verhindern.

Trotz dessen entschied er sich anders und beschloss an dem Teich zu übernachten und am nächsten Morgen, wenn die Stadtwache noch im Halbschlaf und die Geschütze noch nicht besetzt waren, zuzuschlagen.

Seine Gänsehaut begann plötzlich zu verschwinden, verflüchtigte sich so schnell, wie sie gekommen war, ein wohlig warmes Gefühl breitete sich in seinem Körper aus.

Edward nahm den Stock vom Feuer und betrachtete den Fisch, er war ein kleines bisschen zu lange über dem Feuer gewesen, doch das störte ihn nicht, denn die Haut schmeckte so nur umso knuspriger.

Herzhaft biss er hinein, spuckte eine Handvoll Gräten aus und begann sie langsam aus dem saftigen Fleisch zu entfernen.

So gut es ging, aß er auch noch den dritten Fisch komplett auf, löschte dann das Feuer und legte sich auf den trockenen Erdboden.

Er vergewisserte sich noch, ob niemand in der Nähe war, dann schlief er ein.

Die Sonnenstrahlen, die ihn in der Nase kitzelten, weckten ihn.

Edward stand auf, wischte sich den Dreck von den Kleidern und begann sich im Teich zu waschen.

Das Wasser erfrischte ihn, er hatte seit Tagen nicht gebadet, was die Tatsache noch verbesserte, dass er endlich wieder sauber war.

Mit einem besseren Gefühl beobachtete er die Wachen, aus dem Versteck im Busch heraus, die auf der Stadtmauer Aufstellung nahmen, mit ihren schwarzen Helmen, mit Federn geschmückten Kleidern und rasiermesserscharfen Dolchen in den Händen.

Aggressiv und aufmerksam hielten sie Ausschau, Edward studierte genau ihre Bewegungen, um später genau die Schlupfwinkel erwischen zu können, die sie nicht erblickten.

Er machte eine kurze Zeitspanne aus, in der keine der Wachen auf einen Winkel zwischen zwei Heuballen und einer, links davon stehenden, Hauswand achtete.

Seine Entscheidung viel darauf, es war nur noch zu klären, wie er unbemerkt den Weg dorthin erreichen konnte, doch die Frage beantwortete sich von selbst, als die Antwort auf einem Esel und mit einem Karren dahinter über die Hauptstraße rollte.

Der Händler wollte seinen Schinken in der Stadt anbieten, das roch Edward bis zu seiner Position, perfekt, dachte er, denn das hieß auch, dass hinten unter der Plane noch Platz für ihn war.

Er vollführte eine schnelle Rolle über den sandigen Boden, stieß sich flink an einem, am Boden liegenden Stamm ab, zog sich nach oben.

Er rollte sich federleicht unter die Plane und zog sie über sich zu, während er mit der anderen Hand den Schinken wegstieß und die Beine nachzog.

Mit dem Kopf an ein großes Stück Fleisch gepresst fluchte Edward leise, denn er hatte sich verschätzt und war mit dem Fuß gegen einen Holzbalken geknallt.

„Was ist da drin?", hörte er, sich ruckartig zusammenreißend, die Stimme eines Soldaten neben seinem Ohr.

„Schinken und andere köstliche Fleischspezialitäten...", plusterte sich der Verkäufer als Antwort auf. „Wollen sie vielleicht eine Scheibe meiner preisgekrönten Blutwurst probieren, guter Mann?"

„Nein. Aber nachschauen brauch ich auch nicht, das mieft ja bis hier hin."

Der Karren setzte sich ratternd wieder in Bewegung, die Bretter begannen zu knarren, der unangenehme Fleischgeruch nahm Edward jeden Atem, doch er hielt sich unter der Plane, er musste schließlich irgendwie in die Stadt kommen.

Der Turm war größer als er es gedacht hatte.

Edward stand vor dem schwarzen, mit Eisendornen besetzten Eingangstor zum Mittelturm von Transilvanien.

Er war problemlos durch das Loch in der Verteidigung der Stadt gekommen, hatte sich neue Kleider gekauft, sich rasiert und die Haare schneiden lassen.

Er sah aus wie eine andere Person. Phase eins des Plans war geschafft.

Nun brauchte er eine Möglichkeit auf den Turm zu kommen, was aber fast schon unmöglich schien.

Die Treppe konnte er nicht nehmen, da die Stadt komplett gesichert war, wie das eben im Krieg so ist.

Edward wandte seinen Blick wieder von dem Turm ab und analysierte die Umgebung am Boden.

Die meisten Leute waren Vampire oder Wachen, nur wenige Händler aus den westlichen Gebieten boten ihre Waren zum Verkauf an.

Er sah sich nach ungewöhnlichen Dingen um, doch es war schwierig etwas zwischen den vielen schwarzen Häusern heraus zu erkennen.

Doch er fand etwas.

Ein kleiner, unauffälliger, roter Schweif wedelte aus einem Scheunentor heraus, zog sich jedoch wieder zurück.

Nun wusste er wonach er suchen musste, bewegte sich langsam und vorsichtig, doch auch möglichst unauffällig auf die, mit Pflasterstein gestützte Holzhütte zu.

Er verschwand in der Gasse, die auf dem Weg lag, unsichtbar wie ein Geist kletterte er katzenähnlich über die Mauer an der Seite aufs Dach und stapfte, leise, geisterhaft über die Ziegel.
Durch ein kleines Loch in der Decke fiel ein kleiner Lichtschein in die Scheune.
Edward spähte unbemerkt durch die Ziegeln, er wusste schon was ihn erwarten würde und wurde nicht enttäuscht, er fand genau das vor, was er vorfinden wollte.
Einen rotschuppigen Drachen, eine rothaarige Frau und einen grün gekleideten Elfen.
Er fand Lara, Tris und Amerób vor.

„Guten Tag, alle miteinander!", schrie Edward fröhlich durch den Raum, während er die Lagerhalle betrat.
Er streichelte kurz über den Kopf der schlafenden Lara und umarmte seine Freunde, die auf ihn zu gestürmt kamen.
„Wie bist du in die Stadt gekommen?", löcherte ihn Tris sofort mit Fragen.
„Die haben doch alles abgesichert!"
Edward winkte ab.
„Die haben nicht 'alles' abgesichert.", antwortete er schmunzelnd.
Lara schnaubte leicht, regte sich aber wieder ab und rollte sich auf dem, mit Stroh ausgelegten, Boden zusammen.
„Sag, Amerób, wie habt ihr es geschafft in die Stadt zu kommen?"
Der Elf atmete laut aus und legte die Stirn in Falten. Er setzte sich ächzend auf einen Holzstuhl, der in der Ecke des Lagerhauses neben dem Kaminsims stand.
Im leicht bemoosten Kachelofen lagen noch die Überreste des Feuerholzes, an seinem Zustand erkannte man, dass es erst kürzlich erloschen sein musste.
„Wie du sagtest, Edward, die Vampire haben nicht 'alles' gesichert.", antwortete der Amerób erschöpft, doch Edward merkte, dass er ihm nicht alles erzählt hatte.
Er bohrte nicht nach.
„Hast du einen Plan?", brach Tris das peinliche Schweigen und widmete sich, wie immer, gleich dem Sachlichen.
Edward suchte in ihrem Blick nach Hilfe, doch sie zeigte sich nur schulterzuckend, als wüsste sie nicht, was in Amerób vorging.
Er wusste nicht, ob sie nur simulierte, es interessierte ihn jedoch auch nicht weiter.

„Der Austausch findet wahrscheinlich auf der Spitze des Gewitterturms statt, wir brauchen also eine Möglichkeit nach oben zu kommen.", erklärte der Homor ernst, seine Stimmung war mit einem Mal gewechselt, er klang jetzt wieder voll konzentriert.

„Wir können ja nicht einfach den Boten mitten auf der Straße überfallen, wir wären sofort von Soldaten umzingelt, also verschafft uns der Turm einen weiteren Vorteil.

Wir sind auf engem Raum, also haben wir eine echte Chance, die Wachen auszuschalten, das Amulett zu zerstören und wieder zu verschwinden.

Wir benötigen eben nur etwas, dass uns nach dort oben bringt."

„Lara.", sagte Tris und streichelte dem Drachenweibchen über den Schwanz.

Sofort fing es in Edwards Hand an zu zittern, doch er ließ sich nichts anmerken.

Lara könnte sie sehr wohl auf die Spitze des Turms bringen, doch das Risiko war seiner Meinung nach zu groß, um einen riesigen Drachen über der Stadt frei zu lassen.

„Ich könnte einen magischen Schild um sie wickeln, der sie ein paar Minuten vor Gefahren schützen kann. Damit hätten wir ein kleines Zeitfenster, in dem wir zuschlagen könnten, ohne uns Sorgen zu machen.", fügte sie rasch hinzu,

sie hatte wohl Edwards mulmigen Gesichtsausdruck bemerkt und wollte ihm versichern, dass kein Risiko bestand.

„Dann hätten wir einen perfekten Weg nach oben und könnten auch noch für allgemeine Verwirrung sorgen.", stimmte der Elf, der zuvor eher enthaltsam gewesen war, zu und blickte erwartungsvoll Edward an.

Der wiederum sah besorgt zu Lara, die ahnungslos auf dem Boden schlief.

Sie sah so friedlich aus.

„Also schön...", sagte er schließlich, nach längerem Überlegen.

„Wenn du mir versichern kannst, Tris, dass ihr nichts geschieht?"

„Kann ich", antwortete Tris so schnell, dass Edward fast misstrauisch wurde,

aber nur fast.

Er vertraute seinen Freunden, obwohl sie sich seltsam verhielten.
Edward setzte sich neben Amerób, legte das Schwert weg und lies
eine Zähne blitzen.

Eine fröhliche Miene schlich sich in sein Gesicht, er ließ seinen,
immer noch wohl gefüllten, Geldbeutel klimpern und fragte, schon
viel entspannter:

„Wer von euch Beiden kommt mit auf den Markt, einen guten
Schinken essen?"

Amerób und Tris sprangen auf, dass die Rüstungen nur so
schepperten, ein Lächeln breitete sich auf den Gesichtern der beiden
aus und brüllten, wie die Kinder, die sich auf den Weihnachtsmann
freuten:

„Iiiiiiccccccchhhhh!!!!!!!!!"

Sie hatten anscheinend lange nichts gegessen, denn sie verschlangen
das Fleisch wie die Wölfe, Edward gab sogar noch eine weitere
Rutsche der gebratenen Schweinehüften aus.

Während die beiden aßen machte sich Edward Gedanken, was mit den
anderen passiert sein mochte.

Was war aus James und Luna geworden? Und erst recht aus Natalia?
Er betrachtete wieder seine blau leuchtende Hand und versuchte sich
in Gedanken in sie hinein zu versetzen. James war wahrscheinlich
nach seiner Flucht aus Ublé gen Süden geflohen, nach Engelsburg
vielleicht, er würde einfach tatenlos zusehen, was passieren würde und
sich aus der Sache heraushalten.

Luna war vielleicht Christian gefolgt, ähnlich, wie mit Sicherheit auch
Liana Bolikin.

Vielleicht aber auch nicht. Er wusste es nicht.

Und Natalia?

Das Leuchten in seiner Hand dämmerte kurz, hellte jedoch sofort
wieder auf.

Er wusste nichts über Natalias Schicksal.

Rein gar nichts.

Christian hatte sie in keinem der Briefe erwähnt, keine Andeutungen
während des Kampfes gemacht oder sich auch nur irgendwie geäußert.
Sie war höchstwahrscheinlich tot.

Ihre Leiche verbrannt, in den Dreck geworfen oder vergraben,
ermordet von irgendwelchen Meuchelmördern, die ihr aufgelauert
hatten.

Edward zuckte kurz, verkrampfte sich ein wenig, beruhigte sich
jedoch wieder.
Er biss von seinem Schinken ab, umschloss den abgenagten Knochen
mit der Hand, zielte und donnerte ihn mit aller Kraft gegen einen
kleinen Stall, der in einer Sackgasse aufgebaut war.
Das Holzbrett brach sofort auseinander, mit einem dumpfen Krachen
brach der Stall auf dem dreckigen Erdboden auseinander.
Eine Ratte krabbelte aufgescheucht daraus hervor, schoss zwischen
Edwards Beinen durch und verschwand im stinkenden Abwasserkanal
der Straße.
„Komm...", sagte Amerób.
Er legte Edward sanft die Hand auf die Schulter und drückte ihn kurz.
„...Lass uns weitergehen."

Die letzten Sonnenstrahlen funkelten rot auf den Klinkersteinen, die
das alte Rathaus von Transilvanien zierten.
Zu Edwards Rechten plätscherte das Wasser eines kleinen Brunnens in
der Mitte des Marktplatzes.
Die meisten der Standbesitzer hatten ihre Wagen schon weggefahren,
ihre Waren weggesteckt und waren nach Hause gegangen, doch das
störte die Drei nicht weiter.
Sie saßen auf einem großen Stein neben dem Brunnen, ein Vogel flog
über ihre Köpfe hinweg, es roch nach frischem Wasser und Winter.
Amerób hatte den Arm um seinen Freund gelegt, treu hielt er zu ihm,
während er ihm die Geschichte von sich und Natalia erzählte.
Als er fertig war, schwiegen der Elf und die Zauberin, still legten sie
die Hände auf Edwards und fühlten mit ihm.
Der Vogel, vielleicht ein Rabe, krähte und stieg wieder in die Luft auf,
er ließ die Federn sanft durch den warmen Abendwind streifen und
flog in Richtung Sonne, die gerade ihren letzten Strahlen über die
Erde schickte.
Etwas ging zu Ende.

Er wusste, dass der nächste Tag über alles entscheiden würde, über das
Schicksal der Menschen, über sein Schicksal, über das Schicksal der
Welt.

Er würde den Boten aufhalten oder dabei sterben, er wusste es nicht. Doch in diesem Moment fühlte Edward nicht die Anspannung, die der nächste Tag heranzog.

Er fühlte Treue und Geborgenheit.

„Lasst uns zurück gehen.", sagte er.

Und Tris und Amerób standen schweigend auf und folgten ihrem Freund zurück in die Lagerhalle, die sie als Versteck benutzten.

Sie gingen im Dunkeln der anfangenden Nacht durch die Straßen von Transilvanien, sie hielten zu ihrem Freund und würden immer zu ihm halten.

„Danke", brach Tris schließlich das Schweigen.

„Danke Edward, dass du dich uns anvertraut hast."

Kapitel 7

Die Grenze zum Lydian war erschreckend.
Natalia hatte noch nie so viele Leichen gesehen, Marie war froh sie nicht sehen zu können und James hielt Liana durchgehend die Augen zu.
Natalia stiegen Tränen in die Augen, so viel Leid und Tod hatte der Krieg schon mit sich getragen, dass sie überlegte, einfach umzukehren.
Doch sie tat es nicht.
Sie ritt tapfer und stolz weiter, über die Hauptstraße an den Toten vorbei, auf die sich schon Geier stürzten.
Sie schluckte, ritt dennoch weiter, versuchte weitgehend, die zerstörten Körper rechts und links von ihr zu ignorieren und einfach nach vorne zu sehen.
Die anderen folgten ihr.
Es war kalt, doch die Pelze schützten sie gut.
Natalia wischte sich die Tränen aus dem Gesicht, da sie schon angefangen hatten zu gefrieren.
Sie waren einfach gekommen, sie hatte es nicht gewollt, doch sie konnte sie nicht aufhalten.
Sie waren an der Grenze angekommen und hielten ihre Pferde an.
Natalia stieg ab, setzte sich auf eine alte Barrikade der Schlacht und begann laut zu schluchzen. Keiner verlor ein Wort darüber und so ritten sie auch weiter, denn die Grenze war nicht gesichert.
Sie kamen unbeschadet an der Grenze zum Lydian an.

Am nächsten Tag hatten sie sich schon wieder von dem Grauen des Vortags erholt, Natalia hatte schon Tote gesehen und würde auch diese wieder verkraften.

Das violette Amulett baumelte um ihren Hals und schimmerte, obwohl es ein nebliger Morgen war, die Sonne von Wolken verdeckt.

Über die Nacht hatten sie vor den ersten Bäumen des Waldes ein Lagerfeuer gemacht und den Pferden, nach dem Dreitagesmarsch, eine Pause gegönnt, doch nun waren sie schon wieder auf dem Pfad durch den Wald, der nach Transilan führte.

„Wie geht es euch?", versuchte Marie ein Gespräch anzufangen.

Sie hatte das Schweigen satt und wollte sich anscheinend unterhalten.

Natalia atmete tief und lange die Morgenluft von Frost und Nebel ein und antwortete: „Besser."

Sie rutschte im Sattel weiter nach rechts, was wesentlich angenehmer war.

„Das waren nicht meine ersten Leichen Marie. Und euch beiden?", sie wand sich an Liana und James.

„Wie geht's euch?"

Das Paar hatte bis jetzt geschwiegen, Liana warf ihre braunen Haare nach hinten und streckte sich nach hinten.

„Sagen wir's so, ich hab's überlebt."

Ihr Freund schwieg weiter, James war so in seinen Gedanken verloren, wahrscheinlich machte er sich Sorgen wegen Edward.

Natalia auch.

Bedrückt wand sie sich wieder ab und beobachtete die Natur um sich herum.

Fast schon wie in einem Dschungel hingen Ranken von den riesigen Bäumen, die den Weg fast vollständig verdeckten.

Ab und zu kletterte ein Eichhörnchen an einem der Baumstämme entlang, Natalia freute die schöne, natürliche Ausbreitung der Pflanzen in diesem Teil der Welt.

„Schön hier, oder nicht?"

„Ja, in der Tat." antwortete Marie, obwohl sie nicht sehen konnte.

Sie spürte es wohl irgendwie.

„Still!", zischte auf einmal James.

Natalia hatte überhaupt nicht gemerkt, dass er vom Pferd abgesprungen war.

Er hatte das Schwert vom Rücken gezogen und sah sich vorsichtig um.

„Wir werden verfolgt."

Der Läufer stand schützend vor Liana.

So still und unauffällig wie möglich stiegen auch Natalia und Marie vom Pferd ab.

„Wer verfolgt uns, Jim?", flüsterte Natalia nervös, die Armbrust in der Hand, einen Bolzen aus Gold angelegt, sie war bereit jemandem den Schädel zu zertrümmern.

„Ich weiß es nicht", antwortete James mit zitternder Stimme, nervös drehte er sein elfisches Kurzschwert, das er bei einem Überfall der Vampire auf Ublé ergattert hatte, in der linken Hand.

Er ging langsam und leise um die drei Frauen herum und eckte sie von jeder Flanke.

Doch der Gegner kam nicht.

„Sie beobachten nur.", zischte er und steckte das Schwert weg.

Er schwang sich auf seine Stute und sagte, lauter als zuvor, im Greifen der Zügel:

„Seid auf der Hut, ich bin mir nicht sicher, aber wir sollten auf jeden Fall weiter reiten, sonst kommen wir nicht rechtzeitig in Transilvanien an."

Natalia schwang sich ebenfalls aufs Pferd, legte jedoch ihre Waffe keine Sekunde lang aus der Hand.

Einmal meinte sie, einen Schatten im Gebüsch vorbei huschen gesehen zu haben, doch sie sagte nichts, sie ritten einfach weiter.

Und immer noch kam kein Feind.

Wer oder was auch immer sie beobachtete, wollte sie anscheinend nicht verletzten.

Oder nur noch nicht.

Sie hielt aufmerksam die Augen offen, doch mit der Zeit wurde es Mittag, die Sonne blickte wieder durch die Wolkendecke hindurch und verscheuchte auch den Nebel, der das Land und die Sicht verdeckt hatte.

Natalia begann auf ihrem Pferd vor sich hin zu dösen, sie achtete nicht mehr darauf, ob ihr Verfolger nicht schon längst weg war.

Es wurde ein warmer Tag, dass merkte sie auf der Haut, die Sonne wärmte angenehm ihre Wangen und sie schloss die Augen.

„Schön ist dieser Wald, meint ihr nicht auch?" fragte sie freudig in die Runde.

Doch es gab keine Antwort.

„Leute?"

Natalia riss die Augen auf und brachte ihren Hengst sofort zum Stillstand.

Hinter ihr waren nur die Blätter, Ranken und Büsche des Waldes.

Keine Pferde, keine Liana, keine Marie und kein James.

Sie war allein.

„James! Liana!", brüllte sie in die Dunkelheit des Waldes hinein.

„Marie!", schrie sie noch lauter, allerdings auch immer verzweifelter.

Es hatte keinen Sinn, niemand antwortete. Erst wurde sie traurig, doch genauso schnell, wie sie wieder wach war, breitete sich auch das Gefühl der Panik in ihr aus.

Sofort zog sie die Armbrust und formte sich eine goldene Machete in der anderen Hand.

Sie sah sich hektisch um, doch es kam niemand, wer oder was auch immer fuhr dieselbe Taktik, wie schon beim ersten Mal.

Doch dieses Mal würde Natalia nicht darauf herein fallen.

Sie blieb wie angewurzelt stehen. Dass der Gegner sich nicht offenbaren wollte machte sie verrückt.

Ihre, inzwischen fast schon über die Brust reichenden, schwarzen Haare fielen ihr in die Augen und sie strich sie sofort mit den Fingern bei Seite.

Doch plötzlich hörte sie eine Stimme.

„Legen Sie die Waffen und das *Armèrk, leß'el Castlo* vor sich auf den Boden.

Sie sind umstellt."

Die Stimme ertönte hinter ihr, Natalia wusste, dass sie sofort ein Messer im Rücken hatte, wenn sie nicht tat, was die Stimme wollte.

Sie war männlich, rau und kratzig.

Vielleicht ein Wanderer?

Nein. Kein Wanderer.

Ein Mann in schwarzer, mit Federn und Dornen von Rosen geschmückter Rüstung trat vor sie.

Seine dunkelbraunen, fast schon ein bisschen grauen Haare hingen unter dem Helm hervor.

Er ließ die spitzen Zähne zwischen seinen Lippen hervor blitzen und grinste, wie ein Wolf. Er hob das Amulett auf, das Natalia auf den Boden gelegt hatte und hielt es in die Sonne.
Es blinkte auf und blendete die Bändigerin fast.
„Was machen wir jetzt bloß mit dir?", zischte er zwischen seinen blutigen Vampirlippen hervor.
Er verzog das Gesicht und lies mit einer kleinen Handbewegung zwei weitere Soldaten aus dem Gebüsch antreten und Natalia abführen, die ihn teuflisch anfunkelte.

„Warum lässt Dracula uns festnehmen, zum Teufel?"
Natalia war auf dem Weg, auf dem sie von den Vampiren abgeführt wurde, auf James und Marie getroffen.
Ebenso wenig begeistert darüber, dass Christian sie hatte festnehmen lassen wie sie, hatte der Läufer ihr heimlich signalisiert, dass Liana es geschafft hatte zu entkommen.
„Ruhe dahinten!", schrie sie der Anführer der Vampire an und winkte ab.
Es war schon dunkel geworden, hinter den vielen Blättern und Stämmen des Lydians dämmerte es bereits, der Mond war auf der anderen Seite des Himmels schon aufgegangen, es war jedoch noch nicht dunkel.
Natalia beschloss schließlich, da es keinen Sinn hatte laut zu reden, sich telepathisch mit Marie zu unterhalten.
Warum, meinst du, hat Christian uns Soldaten geschickt?
Die Antwort kam schlecht an, Marie klang in ihrem Kopf leicht benommen.
Ich weiß es nicht. Vielleicht vertraut er uns ja nicht.
Natalia wusste es auch nicht.
Warum sollte er sie mit dem Amulett nach Transilvanien schicken, um sie dann, kurz vor der Ankunft zu verhaften. Das ergab keinen Sinn.
Vielleicht war es auch Draculas Plan uns zu entführen und Christian weiß nichts hiervon, sagte Natalia.
Doch Marie hatte keine Zeit, zu antworten, denn bevor sie den nächsten Gedanken fassen konnte, fiel vor den dreien der Hauptmann zu Boden.

Sein Hals war blau angelaufen, seine Augäpfel hervorgetreten.

„Was war das?!", flüsterte zitternd einer der Soldaten dem anderen zu.

Insgesamt waren es noch fünf.

Sie konnten es schaffen.

Nervös brüllte ein anderer: „Gefangene! Hierher!", er versuchte anscheinend mutig und taff zu klingen, jedoch verdeutlichte der Versuch nur noch mehr, wie unsicher sich der Vampir fühlte.

Jetzt? Marie nickte Natalia zu.

Jetzt!

Die Bändigerin sprang hervor, entriss sich des Griffs, ihres Peinigers und rammte ihm die Faust in den Magen.

Er taumelte zurück, lies augenblicklich sein Langschwert fallen und es fiel scheppernd zu Boden.

Natalia hob die Klinge binnen Sekunden vom Boden auf, das Gewicht drückte sofort auf ihre Muskeln, denn Natalia war nicht geübt im Umgang mit dem Schwert.

Sie brüllte etwas und warf das Schwert in Richtung James, der es mit einer geschickten Finte auffing.

Er duckte sich unter dem Hieb des nächsten Angreifers hinweg und zerschnitt einem Anderen, der versucht hatte sich von hinten an ihn heran zu schleichen, die Kniesehne.

Der Vampir heulte auf und drückte seine Hände auf die Wunde, aus der sofort Blut lief.

Doch der nächste war zu schnell.

James schaffte es nicht rechtzeitig wegzuspringen, verlor das Gleichgewicht und stolperte, von einem großen Breitschwert an der Schulter getroffen, über eine, aus dem Boden ragende, Wurzel.

Er taumelte, versuchte sich wieder aufzurichten, doch es gelang ihm nicht, da er sich die verletzte Schulter hielt und er fiel wieder in den Dreck.

Er rollte sich über spitze Kiesel, die seine Haut und Kleidung zerschnitten, um dem nächsten Hieb der großen Klinge zu entgehen und landete auf einem mit Moos bewachsenen Haufen Dreck.

Marie hatte sich nun auch ihres Angreifers entledigt, er lag, durch einen geschickten Streich ihres Stiletts zum Schweigen gebracht, im trockenen Gras.

Sie hatte bemerkt, dass James Probleme hatte und konzentrierte sich fest auf den Mann.

Sie begann so in seinen Gedanken herum zu pfuschen, dass der Mann, schreiend und sich die Schläfen haltend, zu Boden fiel.

Er rollte sich auf der Erde und kreischte wie verrückt.

Marie lies von ihm ab und der Mann blieb bewusstlos auf dem Boden liegen.

„Stopp!", brüllte ein letzter Soldat. Er hatte Liana fest im Griff, hielt ihr ein Schwert an die Kehle. Teuflisch grinsend fuhr er fort.

„Sonst stirbt eure kleine Zauberer-Freundin!"

James verspürte eine unglaubliche Aggression.

Während Natalia und Marie einfach nur geschockt wie angewurzelt stehen geblieben waren, packten James plötzlich blankes Entsetzen und Zorn.

„Sofort loslassen",

presste er, vor Wut zitternd, zwischen seinen zusammengepressten Lippen hervor.

Doch der Mann grinste nur weiter und festigte seinen Griff um Liana nur noch.

„Was willst du denn machen?", höhnte er.

„Wie willst du mich davon abhalten, ihr nicht sofort die Kehle durchzuschneiden?

An deiner Stelle würde ich jetzt schön das Maul halten, Bürschchen!"

James konnte nichts tun.

Er musste sich zusammenreißen, sich einen Ruck geben und still sein, ansonsten war Liana tot.

Er schlug einen ruhigeren, ernsten Tonfall an und versuchte mit dem Mann zu reden.

„Was bezahlt dir dein Herr, ich bezahle doppelt so viel."

„Mein Herr ist tot!", antwortete Lianas Entführer ebenso ruhig, doch in seiner Stimme lag etwas weitaus Bedrohlicheres. Er deutete mit den Augen in Richtung des am Boden liegenden Anführers, des Mannes mit blauer, magisch zerquetschter Kehle.

„Er wurde von der kleinen Hexe hier ermordet."

Liana zuckte zusammen, als sich der Griff des Mannes noch härter um sie schloss.

Mit flehender Miene sah sie James an, sie brauchte seine Hilfe.

„Was willst du von uns?", fragte James.

„Ich will meinen Mentor rächen!", schrie er zurück und stach endgültig zu.

James schloss die Augen, hinter seinen Lidern zogen tausende Bilder von Liana vorbei.

Ihm war klar, dass es vorbei war, dass sie für immer aus seiner Welt entschwunden war und ihm schossen Tränen in die Augen.

Als er sie wieder öffnete, empfand er nichts als Schmerz und Trauer, keinen Zorn auf den Mörder seiner Liebsten, den Mann, der sie brutal erstochen hatte.

Doch der Mörder war schon tot, einen goldenen Pfeil in der Stirn, lag er im trockenen Grass, das sich langsam blutrot färbte.

Liana stand vor ihm, herzzerreißend weinte sie und schloss ihn in die Arme.

„Warum hat Dracula uns angreifen lassen?", wiederholte Natalia.

„Ich glaube nicht, dass das Draculas Leute waren.", antwortete Marie und in ihrem Tonfall lag etwas Geheimnisvolles.

„Vielleicht waren das ja Krieger vom Stamm des Wolfes, einer uralten Gruppierung von abtrünnigen Vampiren, die aus ihrer Heimatstadt Transilvanien in den Lydian verbannt wurden."

Stimmt, Natalia hatte einmal davon gehört.

Damals in der Schule, hatte sie mal ein Buch namens „Geschichte der Spezies" gelesen, in dem etwas über den Stamm des Wolfes stand.

Sie erinnerte sich, es war erklärt worden, dass man damals ein paar Verbrecher aus der Hauptstadt der Vampire verbannt hatte und jene sich zu einer neuen Gruppe zusammengetan hatten. Dem Stamm des Wolfes.

Diese Vampire verehrten die Wölfe, da sie unabhängig voneinander, jedoch im Rudel, jagten.

„Ich sehe hier nichts, dass nach Wolf aussähe", sagte James, skeptisch wie immer, an der Seite von Liana, die ihm zustimmte:

„Die sehen doch ganz normal aus...naja, für Vampire eben."

„Ist doch ganz egal", fiel Natalia wieder in das Gespräch ein.

„Ich schlage vor, wir gehen einfach weiter nach Transilvanien und stellen dann Dracula zur Rede. Es ist nun nicht mehr so weit, die Strecke schaffen wir zu Fuß."

Alle nickten zustimmend und Liana murmelte noch etwas von „Er muss antworten" und „Amulett", bevor sie sich wieder aufmachten nach Osten, auf die großen Spitzen der Nadelbäume, die in der Ferne verschneit lagen, zu.

Auf halber Strecke sagte Marie noch: „Wir sollten vorsichtig sein, vielleicht waren es doch Draculas Männer und er setzt alles daran uns nachzusetzen."

Niemand antwortete, doch sie nahmen die Warnung zur Geltung und achteten mehr darauf, trockene Äste zu überspringen und das scheppern der Rüstung, so gut es ging, einzustellen.

Wer wusste schon, wer da hinter ihnen her war.

Natalia meinte, ein Flügelschlagen gehört zu haben und stoppte kurz den Marsch.

„Lasst uns hier ein Lager aufbauen, ich bin müde", sagte sie und rollte eine Decke auf der Mischung aus abgefallenen Blättern, Erde und Ranken aus.

Der nächste Morgen brachte mehrfach Überraschungen mit sich und hätte Natalia kein Mitgefühl gehabt, wäre der ganze Verlauf der weiteren Geschichte vielleicht anders verlaufen.

Doch sie hatte Mitgefühl, auch, als ein Elf und eine Frau sie darum baten, mit ihnen reisen zu dürfen.

„Mein Name ist Amerób Blaublatt, das ist meine Begleiterin Tris Largeman. Wir sind hier, um euch darum zu bitten, uns mit euch reisen zu lassen", fragte der Mann, der wie aus dem Nichts aufgetaucht war, höflich.

Er verneigte sich vor den Frauen und gab James würdevoll die Hand.

„Meinetwegen", sagte Natalia, die sich als zweifellose Anführerin präsentierte.

„Aber ihr müsst euch an uns halten."

Nun zu fünft, gingen sie weiter.

Bald kamen sie auf eine kleine Lichtung, die von Bäumen umringt war.

„Seht dort", sagte die Frau.

Sie hatte die Spitze des Gewitterturms in der Ferne entdeckt.

„Gutes Auge", antwortete Natalia.

„Dort müssen wir hin."

Sie waren auf dem kleinen Stückchen grasbewachsener Wiese stehen geblieben und aßen ihren letzten Proviant.

James unterhielt sich mit dem Elfen, Marie mit Liana und Natalia hatte sich an Tris Largeman gewandt.

„Wohin führt euch die Reise?", fragte sie, nicht um eine Konversation anzufangen, sondern weil sie interessiert war und lange kein interessantes Gespräch hatte.

„Wir wollen auch nach Transilvanien, um unseren Tee zu verkaufen. Amer! Hol mal den Tee, Natalia aus Wantana hätte gerne welchen. Oder nicht?"

„Doch, doch", antwortete diese, wieder hatte sie Mitgefühl und nahm einen Schluck von dem heißen Getränk, dass ihr der Elf in einer grün bemalten Tasse gereicht hatte.

Alle tranken aus dem, komischer Weise sauer schmeckenden, Trunk und schon bald wurde Natalia etwas schwindelig.

„Was ist denn da drin?", fragte sie nuschelnd.

Vor ihren Augen begannen schon schwarze Flecken zu tanzen, ihr Proviant begann, in ihrem Magen zu rumoren.

„Nur ein paar Kräuter aus Ameróbs Garten.", zischte Tris hinterhältig und stand auf.

Sie stellte ihre volle Tasse auf den Baumstamm, den sie als Bank benutzten und entfernte sich aus Natalias getrübtem Sichtfeld.

Dann klappten der Bändigerin vollständig die Augen zu.

„Was war denn in dem Tee, zum Teufel?", fragte James.

Es war schon stockdunkel, denn sie waren mitten in der Nacht aufgewacht.

„Und wer waren die überhaupt."

Er durchsuchte eifrig seine Taschen und stellte erleichtert fest, dass ihm nichts fehlte.

Seltsamerweise baumelte auch Natalia das Amulett immer noch um den Hals, obwohl sie darauf geschworen hätte, dass der Elf und die Frau nur da gewesen waren, um ihr das violett glühende Medaillon abzunehmen.

„Keine Ahnung", sagte sie.

„Jedenfalls fehlt uns nichts, oder doch?"

„Nein, bei uns ist auch alles an seinem Platz.", antwortete Marie für sich und Liana.

Das Rauschen des Windes durch die Blätter der Eichen dröhnte laut in ihren Ohren, doch sie hatten sich schon einigermaßen daran gewöhnt, sie waren immerhin schon ein paar Tage hier.

Auch in den östlichen Gebieten, die sonst immer etwas wärmeres Klima innehatten, wurde es langsam kühl. Der Winter war dieses Jahr sehr kalt.

„Wir müssen immer noch weiter", stellte Liana fest.

„Und da wir ja alle ausgeschlafen sind, würde ich sagen, wir brechen auch sofort auf. Vielleicht schleichen hier in der Nacht ja nicht so viele Leute herum, die uns überfallen wollen."

Sie hatte Recht, dachte Natalia.

Sie mussten sowieso weiter gehen, sie mussten Transilvanien erreichen, das war ihr Ziel und sie konnten so kurz davor nicht einfach abbrechen.

James musste lachen.

„Ja, vielleicht können wir wirklich mal auch nur einen Tag gehen, ohne irgendwelchen zwielichtigen Gestalten über den Weg zu laufen."

Auch Marie musste schmunzeln und Natalia fiel in das Lachen und Kichern mit ein.

Sie verließen gemütlich ihren Rastplatz, der verhängnisvoller Weise auch zu ihrem Schlafplatz wurde, und brachen auf, um am nächsten Tag in Transilvanien anzukommen.

Gut, dass Tris uns die Richtung verraten hat, merkte Natalia und übernahm die Führung der Gruppe.

Ohne diesen Tipp hätte sie wahrscheinlich wirklich schon die Orientierung verloren.

Am Himmel blitzte wirklich schon die Spitze des Gewitterturms auf. Es war nicht mehr weit.

Sie beobachtete die untergehende Sonne.

Tatsächlich hatte Natalia es geschafft, ihre Gruppe ohne Zwischenfall, an die Klippe vor Transilvanien zu bringen.

Sie war schön, ihr Leuchten überstrahlte alles, ließ sogar die grässlichen Häuser der Stadt schön im orangefarbenen Licht funkeln und machte sie zu kleinen, schwarzen Edelsteinen, mit einer riesigen Krone in der Mitte.

Im Laufe des Tages hatten sie die zugeschneite Hauptstraße wiedergefunden und waren darauf weiter gegangen.

Natalia atmete die frische Luft der Tannen ein, der Wald war vom Laub zum Nadelwald umgeschlagen und nun roch alles nach dem wunderschönen Duft von getrocknetem Harz und frischem Holz, der Rinde und den Zapfen von Tannen und Kiefern.

„Schön hier", stellte sie wehmütig fest, drehte sich um und schloss ihre Freunde in die Arme.

„Ja."

In der Ferne erkannte sie schon die Silhouetten zweier schwarz gekleideter Krieger, die den Eingang zum Transilanischen Reich sperrten.

Weiter stapfte sie durch den Schnee, ihr Ziel war schon so nahe, sie konnte es gar nicht erwarten anzukommen.

Natalia begann zu laufen, dann zu rennen, die Anderen folgten ihr genauso.

Vor einem jungen, sie schätze ihn um die zwanzig, Uniformierten blieb sie stehen.

„Name und Anliegen, Ma'am.", sagte er mit mürrischer Stimme, die nicht den Anschein erregte, der Mann könne sich auch nur ein bisschen dafür interessieren.

„Mein Name ist Natalia aus Wantana, das sind meine Verbündeten, James von Kohlenburg, Liana Bolikin und Marie Karle.", sagte sie, definitiv aufgeregter als der Vampir vor ihr.

„Wir sind hier auf den Befehl Christian von Paladiens, eines Verbündeten ihres Königs."

„Kaisers.", berichtigte der Soldat. Er sah sich das Schriftstück, das ihm von der Schwarzhaarigen vor die Nase gehalten wurde, genauer an und winkte sie weiter.

„Ihr könnt durch. Viel Spaß und einen schönen Aufenthalt in Transilan.

Er grinste ironisch, doch Natalia machte das nichts mehr aus, sie war einfach froh, dass sie ihr Ziel endlich erreicht hatte.

Auf in die Hauptstadt, dachte sie sich im Vorbeigehen und sie trat über die Grenze, unter dem massiven Marmortor durch, dass in die Mauer, die das Land umringte, gehauen war.

Tris rollte den Brief, den sie Natalia abgenommen hatte in der Hand.

„Wir hätten das Medaillon suchen sollen.", sagte Amerób.

Sie hatten sich in der Krone einer Eiche versteckt, wo sie nicht nur gut getarnt, sondern auch im Vorteil gegenüber Angreifern waren.

Es war kühl so weit oben, kurz vor der Grenze.

„Ich weiß, aber es war keine Zeit mehr ", antwortete die Zauberin.

Sie strich sich durch die roten Haare, die ihr schon wieder über die Augen hingen.

Unter ihnen schnaubte Lara, ihr gefiel es nicht, sich ständig zwischen Efeu und anderen Sträuchern verstecken zu müssen, sie wollte viel lieber weiter fliegen.

Doch der Drache wusste dass sie es bald tun würden.

„Wir müssen es Edward sagen.", stellte der Elf fest.

„Nein.", antwortete Tris entschieden.

„Laut diesem Brief ist der Bote diese Natalia, von der er ständig erzählt. Wenn wir es ihm sagen, wird er es nicht zu Ende bringen und … Gott weiß was noch. Wir brauchen ihn, um zu überleben. Auch wenn mir das hier alles überhaupt nicht gefällt."

Amerób nickte verständnisvoll. Er wusste genauso wie seine Partnerin, dass sie ihm nichts davon sagen durften, aber es schmeckte ihm auch nicht.

Schweigend sprang er vom Ast. Tris auch.

Sie deckten Lara frei und setzten sich auf ihren Rücken.

Sie zischte zufrieden und rekelte sich langsam aus dem Staub und den Blättern heraus, die sie vorher am Boden gefangen gehalten hatten.

Sie breitete die langen Flügel aus und schrie fröhlich.

„Hoch!", brüllte Tris und der Drache erhob sich gen Himmel.

Mit einem gewaltigen Flügelschlag brachen die Bäume um sie herum auseinander, Äste barsten und Laub wirbelte durch die Luft.

Es krachte, als sich der Drache zwischen die Baumkronen bewegte und schließlich hindurch brach und über dem Wald kreiste.
Tris ließ die Lederriemen, die sie als Zügel benutzen, schnalzen und lies Lara durch die Luft gleiten und davon schweben.
Majestätisch bewegten sie sich auf die schwarze Turmspitze zu, die in der Ferne von der Sonne beleuchtet, strahlte.

„Hach, Transilvanien.", jauchzte Tris.
„Warst du schon mal hier?", fragte sie der Elf.
Sie antwortete mit einem einfachen: „Nö."
Sie schwebten immer noch, in großer Höhe, sodass sie niemand erkennen konnte.
„Da.", Amerób zeigte auf ein großes, dem Anschein nach leer stehendes Haus, bei dem ein großes Loch in der Decke klaffte.
„Ich hab eine gefunden."
Tris steuerte Lara auf die Lagerhalle zu, sie hatte indes einen Tarnzauber gewirkt, sodass sie unbemerkt in die Stadt kommen konnten.
Das Haus stand tatsächlich leer.
Geschickt landete sie den Drachen und entfernte den Tarnzauber wieder.
Sie bildete dafür einen neuen, eine Illusion, die die Decke des Raumes wieder herstellte.
„Und jetzt?", fragte Amerób.
Er setzte sich auf den Kaminofen, der in der Ecke des Raumes stand.
Feuerholz lag schon bereit, er machte nur noch mit Hilfe eines seiner elfischen Werkzeuge Feuer.
Ein heller, roter Schein erfüllte den Raum mit Licht.
„Jetzt warten wir.", sagte Tris.
Und plötzlich, wie durch ein Wunder hörten sie Schritte auf ihrem künstlich erzeugten Dach.
Und dann jemanden der das große Tor zur Lagerhalle öffnete.
„Guten Tag, alle miteinander!"

Kapitel 8

Die Sonne blendete ihn.

Edward wachte in einem frisch bezogenen Bett auf.

Das schwach beleuchtete Zimmer war aus einem rotbraunen Holz gefertigt, das er nicht kannte, doch es kam ihm heimisch hier drin vor.

Er wollte am liebsten nicht aufstehen, einfach neben dem hellbraunen Nachttisch liegen bleiben, auf dem eine kleine, weiße Kerze stand.

Doch er konnte nicht.

Heute war der Tag.

Heute stand alles auf dem Spiel.

Er stand auf.

Seine Muskeln waren gespannt, seine Sehnen gedehnt, er hätte sofort loslegen können, perfekt trainiert, ausgeglichen und fit.

Doch der heutige Tag erforderte mehr, als nur Muskelkraft, Geschick und Training.

Er brauchte Taktik, Intellekt und Teamwork.

Edward spannte sich und lies sein Genick knacken, schüttelte seine Arme aus und zog sich an.

Der Homor streifte seinen schwarzen Harnisch über und knöpfte das rote Wams darunter zu. Die Metallschienen klapperten und das Schwert auf dem Rücken schepperte schwer.

Die schussbereiten Elfenmesser an seinem Unterarm blitzten, ebenso wie der mit goldenem Elixier versetzte Luporenstahl am anderen Arm, der in der Hülse funkelte.

Er warf die Haare nach hinten und gab den, nun mindestens zwei Zentimeter langen, dichten, braunen Bart frei, der ihm gewachsen war.

Er hatte keine Zeit gehabt ihn zu rasieren.

Edward ging durch sein kleines Zimmer und betrat das Bad.

Er hatte es umgestaltet, in einen Trainingsraum verwandelt, in dessen Mitte nun eine hölzerne Puppe stand.

Er zog langsam seinen silbernen Griff aus der Scheide und sah fasziniert dabei zu, wie das Material aus seiner Arm Hülse um den Griff herum floss.

In Sekunden bildete sich eine messerscharfe Klinge vor dem breiten Handschutz.

Sie schoss durch die Luft, augenblicklich floss der Stahl hinterher und bildete für einen Sekundenbruchteil eine dünne Spur in der Luft.

Der Stahl zog sich lang durch die Luft, ein dumpfes Geräusch war zu hören und Edward streckte das Schwert, den rechten Arm, in der er den Griff hielt, immer noch angespannt nach unten und blickte finster nach vorne.

Sauber zerteilt, lag die obere Hälfte des Dummys auf dem Boden.

Er steckte das Schwert zurück in die Scheide und lachte auf.

Die Hülse vibrierte leicht, als Edward den Stahl zurück hinein fließen ließ und sich auf den Weg machte, sein Zimmer zu verlassen.

Mit einem leichten Rütteln am Tür Knauf öffnete er die Tür und betrat den großen Aufenthaltsraum des Gasthauses, in das sie sich am Vorabend einquartiert hatten.

Amerób und Tris saßen schon fertig angezogen und gekämmt in den orangen Stoffsesseln, die in dem, von durch große Flächenfenster einfallendem, Sonnenlicht bestrahlt wurden, dass den Raum erhellte und in einen schönen, fröhlichen Schein tauchte.

Gut gelaunt war der Homor heute, was eigentlich paradox war, denn es gab keinen Anlass dazu, fröhlich zu sein, angesichts der Ereignisse, die sich noch abspielen würden.

Doch es ging ihm gut.

Er grüßte und setzte sich ebenfalls.

Wie auf Kommando schlug die an der Wand, neben vielen Gemälden von Landschaften und Helden, befestigte Kuckucksuhr elf Uhr.

Obwohl Edward keinen Hunger hatte, nahm er den Vorschlag eines Frühstücks dankend entgegen.

Er kam an den dunklen Tisch aus Fichtenholz und setzte sich auf den, wiederum aus Leder bestehenden, Stuhl, den ihm der Elf anbot.

Schnell bestellte er ein Brot mit Käse und wand sich dann dem Gespräch und der Planung für den heutigen Tag mit Tris und Amerób zu.

„Aufgeregt?", fragte Tris.

Sie nahm einen Schluck aus ihrem Kamillentee.

„Nein.", antwortete Edward, denn er war in der Tat nicht aufgeregt.

Er machte sich komischer Weise nicht einmal Gedanken um das Bevorstehende.

„Und ihr?"

Reine Höflichkeit, schon beim Eintreten hatte er bemerkt, wie nervös Amerób auf seinen Fingernägeln kaute und wie Tris mit ihrer Silberkette spielte.

Man sah den Beiden durchaus an, dass sie aufgeregt waren.

Sie antworteten nicht.

„Themawechsel.", stimmte Edward den stummen Widersprüchen zu.

Er biss von seinem Brot ab, der Käse war schon etwas zu hart, doch das störte ihn nicht, denn er legte das Brot sowieso wieder zur Seite.

„Ihr solltet diesen Salat probieren", schaltete sich der Elf in das Gespräch ein.

„Echt, schmeckt wirklich gut... Ich glaube Kürbiskernöl."

Edward nahm einen Bissen, es schmeckte irgendwie trübe, nicht so wirklich nach etwas, doch er nickte lächelnd und fuhr sich durch die Haare.

Gutmütig betrachtete er die Tannen, die außerhalb des Gasthauses, sozusagen als Garten, angepflanzt waren.

Sie waren schneebedeckt und dunkel, fast schon schwarz, denn im Schatten des Gasthauses wirkte das grün düsterer.

Auf der anderen Seite fiel die Sonne hinein und Edward verwarf die dunklen Gedanken sofort.

„Schön, dass die Sonne scheint.", stimmte Amerób seinen Blicken zu und riss ihn damit wieder aus seinen Gedanken.

„Ja.", sagte er, Tris nickte bedächtig.

„Es ist so weit, oder?", fragte sie zögernd und lies damit die Bombe platzen.

Edward schwieg, Amerób nickte traurig.

Schweigend rückte er sein Schwert auf dem Rücken zurecht und sie verließen zusammen das Haus.

Mit ernstem Gesicht schoben sie sich durch die eng laufende Menge, die die Straßen der Stadt füllten. Sie stießen die Menschen zur Seite und bahnten sich ihren Weg auf den am Himmel aufragenden Gewitterturm zu.

Edward, Tris und Amerób traten auf den Platz, der in der Mitte von dem breiten schwarzen Turm gesäumt wurde.

Er war menschenleer.

Er ließ noch einmal die Zahlen in seinem Kopf durchlaufen.

Die runde Fläche am Ende des Turms hatte einen Durchmesser von zwanzig Metern, die ideale Kampffläche für den Nahkampf, genug um sich frei bewegen zu können und nicht zu viel, als dass sich ein Fernkämpfer mit einem Bogen oder einer Armbrust auf den Turm wagen würde.

Tris Zauber würde genau eine Minute halten, die genaue Zeit, die sie hatten, um nach oben zu fliegen, abzuspringen und den Drachen wieder unbemerkt zurück in die Lagerhalle zu bringen.

Edward blieb stehen und sah sich den Turm genau an.

Durch eines der Seitenfenster sah er jemanden die Treppe besteigen.

Schwarzhaarig.

Das war der Bote.

„Der Zauber, Tris.", sagte er tonlos.

Sie nickte abgehackt und begann einige Formeln zu murmeln.

Von Augenblick zu Augenblick wurde Edward mulmiger, seine gute Laune vom Vormittag war in den Keller gerutscht, jetzt war da nur noch Angst und Ungewissheit.

Ein durchsichtiger, verschwommener Rauch strömte aus den Fingern der Zauberin und entwickelte sich zu einer großen Blase, die den Marktplatz und schließlich auch sie selbst umhüllte.

Tris fasste sich stöhnend an die Schläfe.

„Bist du sicher, dass uns niemand mehr sieht?", zögerte Amerób, jedoch blieb seine Stimme fest, er hatte keine Zweifel an dem, was sie taten.

Die Zauberin nickte und zog eine violett leuchtenden, kurze Axt aus Silber aus ihrem Gürtel.

Amerób zog zwei lange Stilette aus den Seitentaschen und wirbelte damit in der Luft herum.

Edward zog sein Schwert.

Er hielt es in der linken Hand, denn die rechte brauchte er noch, er hielt sie vor sich und sprach die Sätze, die Tris ihm beigebracht hatte.

Seine Handfläche begann zu glühen, ein blauer Strom zog sich langsam aus dem Splitter hervor und flog durch die Luft.

Der Strahl wurde größer, breiter und länger, formte Kugeln, Bahnen und Gewebe, Flügel, Knochen, Zähne.

Mit einem markerschütternden Brüllen färbten sich die gebildeten blauen Körperteile rot und Lara schlug heftig mit den Flügeln in die dünne und kalte Luft.

„Los jetzt!", brüllte Tris.

„Wir haben noch 50 Sekunden, verdammt!"

Auf einmal funktionierte alles automatisch.

Edward löste sich aus seiner Starre und hechtete auf den roten Drachen zu.

Er sprang auf den Rücken und schnappte die Zügel binnen 5 Sekunden.

Hinter ihm waren Tris und Amerób grade aufgesprungen, als der Homor schon die Zügel schnalzen lies und Lara sich in die Luft hob.

45 Sekunden.

Mit rasender Geschwindigkeit flogen sie die lange schwarze Wand des Turmes hoch, lösten sich aus dem unsichtbaren Energiefeld des Zaubers von Tris und schossen auf die Turmspitze zu.

35 Sekunden.

„Wir sind nicht mehr lange unsichtbar!" schrie unverständlich Amerób.

30 Sekunden.

Edward schlug doller, härter, fester mit den Zügeln, wodurch sich Lara kreischend in der Luft drehte und die Geschwindigkeit noch erhöhte.

25 Sekunden.

Nun erkannte man schon die Verzierungen und Details, die an der Unterseite der Plattform auf dem Turm zum Vorschein kamen.

Sie waren fast da.

20 Sekunden.

Edward wurde sich der Situation bewusst, er würde gleich über das Schicksal der Menschheit entscheiden müssen.

Doch der Homor blieb ganz ruhig, er ließ die Panik nicht an sich heran kommen, er atmete ein, aus, ein, aus und lies mit einer Hand die Zügel los.

15 Sekunden.

Lara überschlug sich und flog über den Turm hinweg.

Edward umfasste die Spitzen an Laras Rücken und lies sich vom Drachen fallen.

Seine Freunde taten das Gleiche.

5 Sekunden.

Sie landeten kniend auf dem Turm, vor ihnen standen acht Personen.

Christian von Paladien, König Dracula von Transilan, zwei Vampire, die Edward nicht kannte, Marie Karle, Liana Bolikin, James von Kohlenburg und...

„Natalia..."

0 Sekunden.

Wie angewurzelt blieb Edward stehen.

Seine Hand, mit der geschärften, glänzenden Klinge erschlaffte augenblicklich als er Natalia sah.

Etwas schien in ihm zu zerbrechen, als er Natalia sah, mit diesem kleinen, violetten Stein in der Hand, direkt vor dem König von Transilan, dem Mann, der für die

Vernichtung der Menschheit stand. Dracula.

Es kam ihm vor wie eine Ewigkeit, in der die elf Personen einfach nur dort auf dem Turm standen und sich gegenseitig anstarrten.

Er blickte lange in Natalias Augen, James' und sah dann Tris und Amerób an, die nur darauf warteten, den Befehl zum Angriff auf die vor ihnen stehenden Feinde zu hören.

Doch Edward gab ihn nicht.

Der Homor begann zu zittern, Verzweiflung breitete sich über sein Gesicht aus.

Mit einem dumpfen Scheppern fiel sein Schwert zu Boden, er hatte nicht einmal bemerkt, dass es ihm aus der Hand gerutscht war.
Langsam begann auch Tris und Amerób die Panik zu treffen, sie blickten sich zögernd und entsetzt an, irgendetwas mussten sie tun.
„Edward?", brach James das Schweigen endlich, stotternd, aber er bemühte sich um einen festen Klang in der Stimme.
Der Homor reagierte überhaupt nicht, langsam sank er auf die Knie.
„Edward!", schrie nun Natalia, ihr stand die Verwirrung mehr als allen anderen ins Gesicht geschrieben.
„Was machst du hier?"
„Die Wachen werden uns alle töten, Edward. Du musst dich jetzt zusammenreißen.", zischte Amerób an seinem Ohr, der letzte Versuch, den der Elf noch als letzte Chance ansah, das Blatt zu wenden.
Doch vergebens, Edward hörte die Stimme nicht mehr, sie war verhallt und weit weg von alledem, was in ihm vorging. Er war zu Boden gefallen, lag nun gestreckt auf dem kalten Backsteinboden der Turmspitze und nahm noch kurze Bruchteile von Stimmen war.
„...Medaillon." Das war Dracula.
„...gut." Natalia.
Ein allerletztes Mal raffte er sich hoch um zu sehen, wie die Welt unterging und sah direkt in Christians Augen.
In das verschlagene Grinsen, die hinterhältigen, triumphierenden Blicke, die er auf ihn zuschießen lies wie Nadeln, die ihm den letzten Atemzug nehmen und ihn ersticken lassen sollten, indem sie sich um seine Kehle schlossen und ihn erdrosselten.

So durfte es nicht enden, beschloss Edward.
Nach allem, was sie durchgemacht hatten, nach allem was sie gemeinsam überstanden hatten, konnten sie sich nicht einfach ergeben.
Edwards letzte Waffe waren Worte.
„Das ist nicht Dracula", krächzte er, während er versuchte sich wieder auf die Beine zu bringen.
Natalia war gerade im Begriff gewesen, dem vermeidlichen König das Amulett zu übergeben, doch sie hielt erschrocken an und zog die Hand wieder zurück.

„Wachen...", begann Christian, doch Edward schnitt ihm scharf das Wort ab.

„Richtig. Dieser Mann dort ist nicht der echte König von Transilan", fuhr er, mit nun schon viel kräftigerer Stimme, fort.

Eine unglaubliche Wut begann in ihm zu Kochen, er musste nun alles loswerden, alles was er wusste sprudelte einfach so aus ihm heraus.

„Vor genau einem Monat starben Isaac und Thomas Domien, zwei Nomoren, friedliche, wohl gemerkt. Der gute Christian von Paladien hier,

hat auf einem Treffen der verbliebenen Nomoren angemerkt,

dass ihre Mörder Informationen besaßen, die sonst nur Homoren besitzen.

Doch ich bin ja, dem Allgemeinwissen entsprechend, der einzige Homor

auf dieser Welt und ich war seit Jahren nicht mehr im Archiv."

Auch Tris und Amerób spürten die aufflammende Hoffnung und knirschten mit den Zähnen. Sie musterten ihre Feinde, die wie angewurzelt stehen geblieben waren.

„Also habe ich mich umgehört, bin herumgekommen und schließlich auf einen meiner Verfolger getroffen. Festgehängt habe ich mich dann an einem Söldner namens Siegfried Riefenstahl, der für denjenigen arbeitete, der mich und uns alle umbringen lassen wollte. Und dreimal dürft ihr raten, wer dieser Jemand ist", sagte Edward und sah dabei Christian direkt in die Augen.

„Das reicht!", brüllte dieser und zog eine kurze Machete aus seinem Hosenbund.

„Wachen! Tötet diesen Verräter!"

Das war Edwards Stichwort. Er schoss sein Schwert mit den Zehen nach oben und gab im gleichen Moment das Zeichen zum Angriff für Tris und Amerób.

Blitzschnell zog Tris die rechte Hand nach oben und formte ein seltsames Symbol mit den Fingern.

Eine goldgelbe Lichtkugel flog durch die Luft und traf auf die andere Hälfte des Turms, ehe ihre Gegner auch nur die Waffen gezogen hatten.

Dichter Qualm zog von dort in die Luft, wo vorher die Wachen gestanden hatten und bildete eine dichte, graue Wand zwischen ihren Gegnern und ihnen.

Edward atmete laut auf. Langsam hob er das Schwert schützend vors Gesicht und bewegte sich sicher in Richtung des grauen Nebels, der sich vor ihm gebildet hatte.

„Ich habe...", brüllte er in den Rauch hinein.

„...also...herumgestöbert."

Der Rauch lichtete sich langsam und zog auf. Er erkannte schon Umrisse von Personen, vier, die in der Ecke kauerten, drei, die wie angewurzelt da standen und jemanden, der blutend am Boden lag, schwer zu sagen, ob er es überleben würde, keuchen tat er jedenfalls wie verrückt.

Amerób regte sich kurz hinter Edward, eine Bewegung, die ein normaler Mensch kaum wahrgenommen hätte, doch er spürte die Nervosität seines Freundes.

Der Homor entfernte seine rechte Hand vom Griff und hielt den Elf damit zurück, die andere Hand immer noch dabei, den Luporenstahl in Kopfhöhe zu halten, um sich im Falle eines plötzlichen Frontalangriffes schnell schützen zu können.

Er fuhr, immer noch halb brüllend, halb ruhig redend, fort.

„Dabei bin ich auf einen seltsam ablaufenden Briefwechsel eben dieser Person und Siegfried gestoßen, in dem es um den letzten Homoren und Dracula ging. Tatsächlich, schrieb Christian von Paladien dabei, sind eben diese beiden ein und dieselbe Person. Ja, und wenn das jetzt schon eure Gedanken zersprengt hat, dann wartet erst ab, was ich nach meinem kleinen Zusammentreffen mit dem guten alten König der Verräter hier herausfand", sagte Edward und sah dabei Christian, durch den Qualm hindurch, direkt in die Augen.

Links in seinem Blickwinkel stellte sich James schützend vor Natalia, Liana und Marie und wedelte den letzten Rest des Rauchs aus der Luft.

Der Wachmann hatte aufgehört zu keuchen, lag nur so auf dem Boden, regungslos, jedoch atmend.

Das einzige Geräusch, das man hörte war das nervöse Atmen der Anwesenden.

„Nachdem mich Christian halb tot seinen Söldnern überlassen hatte, wie man das so macht eben, vorher noch die halbe Armee der Menschen ermordet, wachte ich mitten im Wald auf", sagte Edward.

„Ich habe selber keine Ahnung, wie es diese...Waldfrauen..., die mich befreit haben, es geschafft haben, zwei Söldner auszuschalten, aber eins weiß ich ganz sicher.

Nämlich, dass das was sie mir erzählten wahr ist. Und zwar weil es einen Sinn ergibt, es setzt sich am Ende alles zusammen, wie die Teile eines großen Puzzles. Und das Teil, was alles zu einem Bild werden lässt, ist Christian von Paladien...oder sollte ich besser sagen: Dracula!"

Die Spannung stieg langsam, Christians Halsschlagadern traten hervor vor Wut und Hass auf das, was der letzte Homor soeben erzählt hatte. „Natalia!", quetschte es zwischen seinen zusammengepressten und mit Spucke bedeckten Zähnen hindurch und versuchte sich soweit wie möglich zusammen zu reißen, um zu verbergen, was er im Hinterkopf hatte.
„Gib mir das Amulett."
Er streckte langsam zitternd die rechte Hand nach außen aus, ohne seinen Blick von Edward abzuwenden. Natalia zögerte, sie schaute erst Edward, dann Christian an.
Sie wich einen Schritt zurück und hielt sich an Maries Arm fest und steckte das Amulett schnell in ihre Tasche.
„Ist es wahr, was er sagt?", fragte sie schließlich und zog langsam das goldene Kriegsgerät von der Tasche auf ihrem Rücken.
Christian reichte es. Mit der Linken gab er hinter seinem Rücken der noch stehenden Wache ein Handzeichen, mit der Rechten zog er blitzschnell ein Messer aus seinem schwarz getönten Umhang, das er in Sekundenschnelle vor Natalias Kehle hielt, die er im Schwitzkasten auf den Boden drückte.
„Natalia!", entfuhr es Edward, er wollte sich mit dem Schwert auf Christian stürzen, doch Amerób hielt ihn am Hemd fest, das sofort aufriss.
Er zwang sich, sich zu beruhigen und stellte sich wieder gerade hin.
„Lass sie los", sagte er, doch sein Feind dachte gar nicht im Traum daran, im Gegenteil, er drückte den Dolch noch fester an ihre Kehle.
Natalia schrie auf, ein Tropfen Blut floss ihr den Hals hinunter.
„WAS WILLST DU?!" schrie Edward nun so laut, dass es durch das gesamte, in Schnee getauchte Tal hallte.
Er hatte erst jetzt bemerkt, dass es angefangen hatte zu regnen.
„Das weißt du nur zu gut, Eddie.", sagte Christian, fast flüsterte er, so giftig klangen seine Worte, in Rätseln gesprochen, doch er wusste, was er meinte.

Edward lies die Schultern sinken und atmete langsam aus, die Klinge zischte in die Scheide auf dem Rücken zurück und rastete klickend in die Vorrichtung ein.

„Gib ihm das Amulett, Nat", sagte er niedergeschlagen und senkte die Handfläche, um den beiden hinter sich zu zeigen, dass sie die Waffen sinken lassen sollten.

Natalia zuckte zusammen, als sie das hörte, doch ihr blieb keine Wahl, entweder gab sie Christian das Amulett, oder sie klatschte mit durchgeschnittener Kehle auf den Marmorboden. Sie zog den violetten Kristall aus der Tasche und hielt ihn, so gut es ging, in die Höhe um ihn im, durch den Regen getrübten, Sonnenlicht glänzen zu lassen. Einen letzten Blick warf sie auf Edward, dem schon die nassen Haare am Kopf klebten und der ihr seltsam zuzwinkerte.

Dann traf ein Hammer und mit einem Knacken zersprang das Schlüsselbein des Mannes, der sie festhielt.

Es hörte sich irgendwie mechanisch an, als die Schulter seines ärgsten Feindes zersplitterte. Augenblicklich riss sich Natalia aus den Fängen ihres Angreifers und stieß ihn zur Seite, das Amulett flog und schlitterte über den Marmor. James half ihr auf, denn Hammer sicher in der rechten schwingend, mit dem er soeben den entscheidenden Schlag gegen die Vampire ausgeführt hatte, zog er sie hinter sich und machte sich bereit, um gegen den nächsten Angreifer vorzugehen. Vor ihm verlor Christian das Gleichgewicht, sich den Arm haltend stürzte er zu Boden und schlitterte über den harten Boden, bis er flach auf der linken Seite liegen blieb, sich windend vor Schmerz.

Die Situation war in diesem Moment jedem klar geworden und begann vollends zu eskalieren. Von der Treppe, die nach unten führte, stürmten zwei Wachen, sie betraten gerade noch rechtzeitig das Schlachtfeld, bevor die Steine des Turmes langsam zu zittern begannen, erbebten und schließlich, die restliche Verstärkung unter sich begrabend, auf die Wachen niederfielen. Tris nickte Edward ermutigend zu und machte sich bereit, den nächsten Zauber auszusprechen, fiel in eine Kampfhaltung und trat zurück.

Nun waren die Nahkämpfer dran.

Binnen eines Lidschlags stürzten sich die beiden Vampire kreischend auf James, der sie so gut abwehrte, wie er es mit dem Hammer und dem stumpfen Stilett konnte, während sich der noch stehende Gardist auf Edward und Amerób konzentrierte.

Der Homor warf einen letzten Blick auf Natalia, um sicher zu gehen, dass sie keiner Hilfe benötigte, dann wand er sich dem Elfen zu und zog mit einer unglaublichen Geschwindigkeit das Schwert aus der Scheide und zerschnitt mit einem weiß-silbrigen Blitz und einem schrillen Pfeifen die vom Regen verschwommene Luft.

„Jetzt...machen wir sie fertig!", sagte er teuflisch grinsend und wischte sich die nassen, braunen Haare von der Stirn.

Amerób lächelte ihn an, hob die Messer und nahm den Feind ins Visier.

Edward tat es ihm gleich.

Der Vampir entschloss sich, zuerst Edward anzugreifen. Ein Fehler. Der Homor hechtete zur Seite, mit spielender Leichtigkeit wich er unter der hinabsausenden Klinge hinweg und vollführte eine Drehung in Richtung Amerób, der den, von dem verfehlten Hieb aus dem Gleichgewicht geratenen Vampir, mit der Ferse in die Kniekehle trat und ihn kinderleicht zu Boden riss.

Er stieß den Mann nach vorne und verpasste ihm mit dem Knauf seiner Waffe einen heftigen Schlag gegen die Schläfe, woraufhin dieser sofort bewusstlos umfiel.

Währenddessen hatte sich Edward aus dem Kampf gelöst und war seinem Freund James zur Hilfe geeilt, der es mit der Verstärkung zu tun hatte.

Er ließ sein Schwert kreisen, nutzte das Überraschungsmoment, hieb nach links und warf sich gleichzeitig nach vorne um James Deckung zu geben.

„Na, wie läuft's?", fragte Edward keuchend und freute sich, dass das Glück auf seiner Seite gewesen war, denn seine Klinge hatte den rechten Oberarm eines der Wächter aufgeschnitten.

Der bronzene Hammer sauste durch die Luft und traf präzise sein Ziel, von James geschwungen auf das Kniegelenk des anderen Vampirs.

„Naja, in Anbetracht der Umstände könnte es nicht besser sein.", gab er als Antwort zurück und lächelte spöttisch, während er mit dem Dolch einen weiteren verzweifelten Hieb des Mannes vor ihm parierte. „Hilf mir Mal."

Doch das brauchte er gar nicht zu sagen, denn Edward hatte dem Mann schon einen Schwertstreich über die Brust verpasst, mit einem schrillen Schmerzensschrei fiel der Vampir um und stand nicht wieder auf.

Doch der Homor war unachtsam gewesen, er hatte seine Deckung aufgegeben, seine Seite nicht gedeckt, um James zu helfen und das bezahlte er nun, indem er dem letzten Wächter Zeit gab um den Bogen zu spannen und ihm einen Pfeil in die rechte Schulter zu jagen.

Die Spitze bohrte sich tief ins Fleisch und Edward schrie auf, lies sich vom Rückstoß benebeln und kippte zur Seite, im wurde schwindelig, doch am Boden fand er schnell sein Gleichgewicht wieder, hörte ein Klicken und dann ein Pfeifen, dann drehte er sich um.

Der Mann, der ihn verletzt hatte lag reglos am Boden, einen goldenen Armbrustbolzen im Brustkorb stecken, vor ihm Stand Natalia mit erhobener Armbrust.

„Danke", flüsterte er, danach gab er sich wieder dem Schwarz hin und fiel mit dem Gesicht auf den Steinboden. Das Letzte was er sah, bevor er die Augen schloss, waren Marmor und die Beine zweier anlaufender Menschen.

Er hörte verschwindende Rufe, alles um ihn herum klang auf einmal weit weg und er ließ sich, aus dem Chaos hinaus, in eine Traumwelt fallen.

Doch das wundersame Gefühl der Zufriedenheit, dass er bis eben noch empfunden hatte, war auf einmal wieder weg. Jemand zog an Edwards Armen, raffte ihn hoch, ein brennendes Reißen zog sich durch seinen rechten Arm, er musste die Zähne zusammen beißen und öffnete die Augen.

Die Welt zuckte durch sein Blickfeld, alles drehte sich und wackelte, plötzlich war Natalias Gesicht direkt vor ihm und er versuchte durchzuhalten und rappelte sich auf.

Er musste sich jetzt konzentrieren.

Aus dem Augenwinkel sah er Dracula, Christian, wen auch immer, der sich auf dem Boden entlang auf ein lila glänzendes, verschwommenes Objekt zu bewegte.

Edward durfte nicht aufgeben.

Mit einer ungeheuren Überwindung zog er sich an Natalias Arm nach oben und stellte sich auf die wackligen Füße.

Er hob das mit Blut befleckte Schwert mit der linken Hand vom Boden auf, denn in seinem rechten Arm pochte ein betäubender, lähmender Schmerz.

Seine Kleider waren vollkommen durchnässt, klebten ihm an der Haut, die Haare klebten ihm am Gesicht, doch er blieb standhaft, Edward behielt seinen Willen und hob langsam den linken Arm. Nun konnte er auch das Amulett und den darauf zu kriechenden Mann besser erkennen.

Auf einmal wurde sein Kopf zur Seite gerissen und Natalia stand wieder direkt vor ihm.

Sie sah nach links und rechts, alle waren am Kämpfen, niemand beachtete Dracula.

Doch ihr war es mehr wert, wichtiger als das Amulett, sich vorzubeugen und mit Tränen in den Augen Edward auf die Lippen zu küssen.

„Du schaffst das", murmelte sie und löste sich von ihm. Der Homor drehte sich um und nahm wieder seinen Feind ins Visier.

Er überwand all seine Schmerzen, das Blut begann in Sekundenschnelle durch die geschundenen Adern zu fließen und machte ihn stark, gab ihm seine Kraft zurück.

Edward nahm Anlauf und schmiss sich nach vorne, sprintete über den gesamten Turm, doch ihm war klar, dass er Christian nicht erreichen würde, bevor dieser das Medaillon in seine Finger bekam.

Es kam ihm vor als wären mehrere Minuten vergangen, während er über den Platz schoss, er sah sich nach rechts und links um, wie in Zeitlupe bewegten sich seine engsten Freunde, kämpfend gegen die Vampire und ihn ermutigend.

Er dachte an all jene, die er zu verlieren hatte und traf eine Entscheidung.

Edward blieb schlitternd stehen.

Natalia konnte es nicht fassen. Wie konnte er einfach so stehen bleiben, wo doch so viel auf dem Spiel stand?

Sie wollte schreien, doch dann sah sie dieses gewisse Funkeln in Edwards Augen, dass ihr verriet, dass er einen Plan hatte. Sie erstickte den Schrei und nickte ihm vertrauensvoll zu.

Edward atmete durch, doch es hegten sich Zweifel in ihm, da Christian dem Amulett schon gefährlich nah gekommen war, näher als er es gedacht hätte und seine anfängliche Kraft begann schon lange nachzulassen, sein rechter Arm zuckte wieder.

Er richtete sich zu seiner vollen Größe auf, hob unter reißenden Schmerzen, zusammengebissenen Zähnen und peitschendem Regen den rechten Arm und lies den dunklen Griff seines Luporenstahlschwertes nach oben schnellen.
Mit einer flüssigen Bewegung des Ringfingers ließ er die Vorrichtung an seinem Unterarm auf schnellen und den golden glänzenden Stoff heraus fließen, der sich um den Griff wand, sein Ziel suchte und sich vor dem Griff entlangschlängelte, um schließlich eine scharfe armlange Klinge zu bilden.
Sofort prasselten langsam kleine Tropfen auf das Schwert und sprangen ab, bis sie auf den nassen Boden fielen, auf dem Dracula kroch.
„Halt!" sprach Edward mit durchdringender, lauter, kräftiger Stimme und sein am Boden liegender Feind drehte seinen Kopf zu ihm um und sah ihm direkt in die Augen. Seine rot gefärbte Schulter zuckte kurz, doch dann wurde er ganz ruhig.
„Du wirst die Menschen nicht vernichten. Du wirst niemanden vernichten", sagte Edward und hielt seinen Arm so, dass die Schwertspitze direkt auf Christians Brustkorb zeigte.
Ein kurzer Ruck, dann raste der Stahl nach vorne, verlängerte sich um mehr als das Doppelte seiner ursprünglichen Länge, fand sein Ziel und durchbohrte den Körper Draculas.
Er brachte keinen Laut mehr hervor, denn die Wirkung hatte bereits angefangen und ein helles Leuchten ging von der Stelle aus, in der eben noch die Klinge steckte.
Der Mann sah Edward ein letztes Mal in die Augen, in denen nichts zu sehen war, außer Erleichterung, dann dematerialisierte sich sein Körper, zerfiel in tausende kleine golden glitzernde Stücke, die gen Himmel stiegen und sich langsam in Luft auflösten, bis nichts mehr von ihnen zu sehen war.
„Dafür war es gut", sagte Tris und legte ihm die Hand auf die Schulter, während Edward in den Himmel sah.
„Nicht mehr", sagte er.

EPILOG

Zwei Monate später ...

„Habt ihr es schon gehört, Herr?", fragte Kai den Mann ganz hinten in
der Ecke seiner Schenke, der bis jetzt noch keinen Ton gesagt hatte
und dem er jetzt das dritte Bier an diesem Abend brachte.
„Der Krieg ist vorbei!"
Der Mann trug einen langen schwarzen Mantel, dessen Kapuze er
übergestreift hatte, sodass sein Gesicht im Schatten lag. Nur die
Augen blitzten hervor.
„Ich weiß.", sagte der Mann ohne richtig zuzuhören, es war mehr ein
in Gedanken verlorenes raues Seufzen eines alten Mannes, obwohl der
Mann nicht sehr alt aussah.
Am rechten Arm trug er eine seltsame, dunkelbraune Abdeckung, die
sich bis über die Schulter zog und den ganzen Oberarm bedeckte.
Er beachtete das bunte Treiben und Feiern um ihn herum nicht.
„Hier.", sagte der Schankwirt, stellte das Bier klirrend auf dem runden
Holztisch ab und hielt ihm ein gelbliches Pergamentstück hin.
Erst jetzt sah der Mann auf, unter den Schatten der Kapuze erkannte
Kai den Bartansatz eines Mannes, der viel beschäftigt war, jedoch
genug Zeit hatte sich zu rasieren.
Er kannte diese Gesichtsbehaarung nur zu gut, denn er war selbst so
jemand.

Flach dankend nahm die Kapuzenperson das Pergamentstück, sowie den Krug Bier entgegen und setzte schon zu einem großen Schluck an, als er den Brief genauer betrachtete.

„Die Bekanntmachung hat uns heute Mittag erreicht.", fügte Kai noch schnell hinzu, bevor er die zwei leeren Gläser auf dem Tisch abräumte und weiterhin guten Gemüts verschwand um sich dem nächsten Gast zu widmen, Bestellungen anzunehmen und den Abwasch zu machen. Der Kapuzenmann sah ihm kurz hinterher, dann stellte er den Krug neben sich auf den Tisch und begann zu lesen.

An alle Einwohner von Strecorm:
Wir, die Landesräte und allgemeinen Könige unseres Reiches können
euch endlich die frohe Botschaft überbringen, dass der Krieg
mit Transilan beendet ist.
Die letzten Armeen des Feindes haben sich zurückgezogen und
uns die Kapitulation unterzeichnet. Uns freut es, sagen zu können,
dass wir in dieser so aussichtslos erscheinenden Lage die Ruhe
bewahren
konnten und uns bewährt, triumphiert und gesiegt haben.
Selbst können wir nicht genau sagen, warum die Vampire nun genau
aufgegeben haben, aber es lässt sich, so ein Stadthalter Ererdiens, auf
den Tod ihres Königs Dracula zurückführen.
Warum und wie genau dieser zu Stande kam ist auch unbekannt, nur
berichten inhaftierte Soldaten der Vampire, dass es
Nomoren waren, die uns zum Sieg verhalfen, woran wir aber
sehr stark zweifeln.
Sollte uns jedoch ihre Unterstützung zu Teil geworden sein,
so spreche ich, glaube ich, für alle Menschen und auch Elfen, Zwerge,
Gnome, Hexer und alle Bewohner des Reiches, wenn ich
diesem kleinen verschollenen Volk Dank ausspreche.

Neufürst Bartrog III.
Kundtuung an die Geimeinden
Strecorms

Die Gestalt legte das Schriftstück auf den Tisch und nippte erneut am, nicht mehr kühlen, jedoch nicht zu warmen, Rand des vor ihm stehenden Getränks.

„Ein schöner Abend, nicht wahr, mein Herr?", fragte Kai schmunzelnd und nahm dem Mann den Brief wieder aus der Hand, vermutlich, um ihn entweder an andere Kunden der Schenke weiterzugeben, oder um ihn ans schwarze Brett zu pinnen, damit ihn jeder sehen konnte.

Die Person nahm die Kapuze ab und gab den blick auf langes, braunes Haar frei, nahm einen weiteren Zug Bier und strich sich über die Hand.

Ein bläuliches Schimmern flackerte auf und erhellte für kurze Zeit den Saal.

Seufzend antwortete Edward.

„Ja."

Ende

TWENTYSIX – Der Self-Publishing-Verlag
Eine Kooperation zwischen der Verlagsgruppe Random House
und BoD – Books on Demand

© 2016 Stachlewitz, Johannes

Herstellung und Verlag:
BoD – Books on Demand, Norderstedt.

ISBN: 9783740724450